Segunda Chance para o AMOR

Capa: Imagem Dreanstime.

Criação e arte: Flávia Cunha

Contato: http://flaviacunha.com

Os Irmãos Baker — Livro 1

Segunda Chance para o AMOR

Flávia Cunha

Prólogo

Sabrina Jackson se considerava uma lutadora. Teve que alcançar a maturidade muito cedo, na idade de quatorze anos, quando sua mãe morreu de um câncer bastante agressivo e ela ficou sozinha no mundo. Seu pai ela nem havia conhecido, já que ele nunca se importou com sua existência — ou com o fato de ter abandonado sua mãe grávida — o que fez com que crescesse somente com a figura materna e quanto amor sua mãe havia lhe dado! Compensara a ausência de um pai com amor em dobro.

Por alguma ironia do destino, com a morte da sua mãe soube que seu pai já estava morto há muito tempo e que sua única parenta viva era uma tia idosa. E foi pra lá que ela foi mandada, horas após o funeral. Bem, ela não foi recebida como uma sobrinha querida. Na verdade trabalhou como empregada na casa da tia — sem direito a salário, óbvio, já que como ela gostava de dizer já lhe dava um teto e comida — onde teve que permanecer até o dia de Ação de Graças daquele ano, um dia após completar dezoito anos e receber fundo fiduciário que sua mãe, mesmo sendo uma simples professora, fizera questão de pagar religiosamente para protegê-la no futuro. O dinheiro da venda da casa onde moravam também fora para a sua conta, mas ele também só poderia ser movimentado após sua maioridade. Talvez, ela intuísse que tinha poucos anos de vida.

Toda a sua vida cabia em uma mochila. E foi isso que ela levou para Houston quando foi morar próximo a *Rice University,* onde logo conseguiu um emprego de garçonete. Não, ela não tinha condições de fazer uma faculdade no tempo integral, porque além de ter terminado os estudos indo à escola no turno da noite, depois de um dia cansativo de trabalho, precisaria arrumar um emprego para se sustentar. O dinheiro que sua mãe deixou iria para compra de um apartamento. Assim, matriculou-se no *Houston Community College* — instituição de nível superior de dois anos de duração — em um curso de administração de empresas, com especialização em gestão, que prepara os estudantes para entrar diretamente no mercado de trabalho em um curto período de tempo.

Conseguiu comprar um apartamento pequeno, entre a *Rice University* e o *Houston Community College,* ou seja, no meio do caminho entre o seu estudo e o seu trabalho. Guardava todo o seu salário e usava as gorjetas para comprar sua comida. Tinha um plano para o futuro e precisaria de dinheiro para pô-lo em prática. Foi em seu trabalho que sua sorte pareceu mudar. Era alta, magra e tinha os cabelos em um tom de loiro bastante peculiar — quase branco — e totalmente natural.

Talvez tenha sido isso que tenha chamado à atenção do olheiro de uma agência ao qual havia servido um café. Ou o acinzentado dos seus olhos. Não sabia. Apenas que ele lhe fez um convite para estrear uma campanha publicitária de uma marca de cosméticos nova, que seria lançada e breve no mercado.

Aquele trabalho lhe rendeu uma boa grana — um montante referente ao seu salário como garçonete e gorjeta de um mês — e um contrato para outros trabalhos com a agência, o que fez com que deixasse de servir mesas. Além disso, ganhara um kit com os produtos da empresa de cosméticos e aprendeu a se maquiar de forma a valorizar seus pontos fortes. Guardou cada centavo que ganhou, usando apenas uma pequena parte do dinheiro para deixar seu apartamento bonito e aconchegante.

Conheceu Keith Celek quando fez um trabalho para uma marca de roupas esportivas. As fotos foram na *Rice University* e alguns dos alunos esportistas participaram. Ele era gentil e divertido. Viera de uma cidade pequena e assim como ela parecia ter sonhos de um futuro melhor. Ele a convidou para um café e a conquistou. Foi o seu primeiro beijo, seu primeiro namorado e seu primeiro amante. Estava apaixonada.

Sua mãe ficaria feliz em ver tudo o que conquistou em seu primeiro ano como uma mulher independente. Estava estudando, tinha um emprego maravilhoso e um namorado apaixonado. Sua vida estava perfeita... Não havia como nada dar errado.

Capítulo 1

Sua mãe lhe dizia sempre para tomar cuidado com as palavras e os pensamentos. Tudo começou quando recebeu um telefonema de um advogado avisando da morte da sua tia. Teve um infarto fulminante. O homem bastante constrangido lhe explicou que os bens de sua tia iriam para instituições de caridade, que ela não havia lhe deixado nada. Logo em seguida, perguntou o que gostaria de fazer com as cinzas de sua tia. Não sabia se ria ou chorava da ironia daquilo. Disse-lhe que podiam fazer o que quisessem. Não lhe importava. Engraçado que na hora que o homem lhe dera a notícia lembrou-se que sua mãe sempre lhe dizia que uma má notícia, sempre vem acompanhada. Devia ter dado ouvidos a sua intuição, ou aviso de sua mãe, o que fosse.

Decidida a não se deixar abater com a notícia de que sua tia nunca lhe quis bem, foi ao alojamento da universidade, encontrar com Keith. Fazia uma semana que não se viam ou ficavam juntos, por conta das provas finais dele e seu trabalho... Pensando bem, nos últimos encontros Keith nem mesmo a beijava. Estava tudo escuro, então se sentou em uma cadeira em um dos cantos e esperou. Acabou cochilando e acordou com o som de vozes que conversavam próximo. Era a voz de Keith e um amigo, eles não haviam lhe visto. Antes que pudesse se mostrar ouviu algo que a fez congelar no lugar...

— Casar com a Sabrina? — Keith riu. — Você não está falando sério...

— Bem eu só achei que você começaria a trabalhar e... bem, ela é sua namorada...

— Esse diploma é só para garantir meu futuro. — disse debochado. — Eu nem gosto de animais. Mas, me formar me garante uma boa herança por parte do meu avô.

— Uau, então essa herança deve ser algo grande, hein? — o outro indagou. — Afinal, você aguentou todos esses anos de faculdade...

— Sim, cara! É algo grande. — confirmou. — E vai se tornar algo muito maior depois que eu me casar.

— Mas, você acabou de dizer que não vai casar...

— Eu tenho uma noiva em Noonday. — informou tranquilamente. — É afilhada do meu avô e filha do prefeito... não é tão bonita, mas é muito rica.

— Uma noiva, hein? — seu colega exclamou surpreso. — Sabrina sabe disso?

— Não, é claro que não. —sua voz era seca. — Sabrina é apenas uma garota linda e bobinha com quem eu dei a sorte. — riu. — Você entende, alguém pra esquentar a minha cama...

E você sabe, posso transar com ela sem me preocupar com doenças, cara! Ela é fiel igual a uma cadelinha...

— Ela parece uma boa garota.

— Ah, ela é muito boa. — Keith disse e fez um gesto lascivo com os lábios. — Quer comer ela? Pode tentar a sorte quando eu for embora.

— Puxa, cara! Eu adoraria! — riu baixinho. — Bem, vou me arrumar pra festa.

— Até mais!

Sabrina ouviu os passos se afastarem e quando Keith abriu a porta e entrou em seu alojamento. Deixou-se ficar ali por um tempo, imóvel, enquanto as lágrimas escorriam por seu rosto. Keith tinha uma noiva. Levantou-se, sentindo-se um pouco instável enquanto caminhava pela área dos alojamentos. Um riso histérico escapou dos seus lábios, em meio às lágrimas. Keith tinha razão, era uma boba! Nunca desconfiou de que ele não a amasse. Quando percebeu estava em frente ao alojamento onde seria a festa. Já havia algumas pessoas espalhadas por ali, porém ela nem mesmo olhou se havia algum conhecido. Foi diretamente para dentro e parou ao lado da mesa de bebidas. Durante a hora seguinte, bebeu tudo e qualquer bebida que lhe serviram. Não estava acostumada a beber, então logo estava bem bêbada. Mas, não o suficiente, pensou enquanto avistava Keith chegar e olhar surpreso quando a viu.

— Oi, gatinha! — exclamou quando chegou perto. — O que faz aqui?

— Estou bebendo. — respondeu sucinta.

— Estou vendo. — parecia aborrecido. — Quanto já bebeu?

— Não o suficiente. — ela riu.

— Eu acho que sim. — Keith murmurou segurando o seu braço.

— Largue o meu braço agora mesmo. — disse entre dentes. — Eu não estou brincando Keith.

Ele se afastou confuso e logo a encarou com o olhar sedutor que a fazia derreter. Vendo aquele olhar e como foi facilmente manipulada, sentiu ânsias. Como não havia percebido o quão calculado era aquele olhar?

— Ei, gatinha, não quero brigar. — murmurou com voz macia. — Que tal irmos até o seu apartamento e...

— Não, obrigada. — respondeu enquanto pegava outro copo de bebida. — Prefiro ficar aqui e brindar ao seu noivado!

— Ao meu... o quê?

—A bobinha e fiel aqui... — apontou para si mesma. — ... Não vai mais esquentar sua cama. — riu quando ele se deu conta de que havia escutado sua conversa. — A cadelinha cansou de ser bobinha...

— Sabrina... — sua voz era fria.

— Onde está o seu amigo ao qual você me ofereceu tão desapega... desapegadamente?

— Você está bêbada. — disse ríspido tentando agarrá-la. — Vamos pra casa e...

— Solte-me! — elevou a voz, chamando a atenção de algumas pessoas. — Você não quer um escândalo, certo? Imagina o que seu avô ou sua noiva diriam disso? E o prefeito?

— Você não faria isso...

— Oh, eu faria sim!

Encarou-o até que ele finalmente percebesse que — que apesar de estar bêbada — estava falando sério. Era o fim da tudo entre eles. Bebeu o conteúdo do seu copo de uma só vez antes de deixar a festa, saindo pelos fundos do alojamento.

Respirou fundo e encostou-se em uma árvore quando sentiu-se tonta. Fechou os olhos por um instante, tentando se recompor. Uma voz rouca a fez sair do seu transe.

— Você está bem?

Quando abriu os olhos deu de cara com o estranho mais lindo que já viu. Pensando bem, ele não era um total desconhecido... De onde conhecia, mesmo? Ah, um dos amigos de Keith... ele esteve uma vez em seu apartamento. Keith convidou alguns amigos para assistir um jogo em sua sala... Barred?... Benglesh?... Não. Bennett. Lucas Bennett. Começou a caminhar e logo ele estava ao seu lado.

— Acho que bebi demais... — riu e encarou-o e percebeu que ele não estava em seu melhor estado. — Acabei de descobrir que Keith tem uma noiva em Noonday... e você?

— Algo parecido... — ele suspirou.

— Ahhh! — murmurou e fechou os olhos. — Ele nem me beijava mais...

E então algo estranho aconteceu. Lucas a beijou. Logo estavam em frente ao seu alojamento e no minuto seguinte estavam juntos lá dentro. Traídos, trocados por um novo amor... E no auge da dor — ou da bebida — buscaram refúgio no prazer. A noite de sexo não era algo digno de contos de fadas ou promessas de amor. Ela já tivera isso e tudo não passara de uma mentira. Aquela noite era a fuga da realidade que machucava. E Lucas foi gentil, ao menos soube que o prazer não precisava estar ligado à noção romântica de amor.

Seus corpos se uniram, mas as mentes divagavam. Nem mesmo o clímax teve o poder de curar as feridas. Os corpos e mentes exaustos desabaram. A doce inconsciência do sono os abraçou. Uma noite para esquecer e ser esquecida. Apenas prazer e fim.

Ainda era madrugada quando Sabrina acordou e foi embora. Não queria um clima estranho entre ela e Lucas. Ele era um cara legal. E embora talvez na soubesse lhe dera um presente incrível! Agora sabia que poderia ter a chance de encontrar alguém para amar no futuro. Alguém que a amasse de verdade e não que a considerasse uma boa "foda". Descobriu que havia vida e sexo além de Keith. Iria superar tudo aquilo. Tinha certeza disso. Era uma lutadora. Venceria mais aquele obstáculo.

* * *

Três meses depois não estava se sentindo tão lutadora assim. Desembarcou em Noonday bastante preocupada com o seu encontro com Keith. Ele não ficou nada feliz ao saber que estava na cidade. Marcou com ela em um café que ficava próximo à rodoviária e a mensagem era clara: Não ficará muito tempo em minha cidade.

Keith continuava muito bonito. Seu semblante, entretanto estava preocupado. Será que estava esperando que ela fizesse algum tipo de escândalo? Se ao menos tivesse forças para isso... Estava cansada, há várias noites sem dormir e sem a mínima paciência. Portanto, assim que sentou na pequena mesa em frente a ele despejou.

— Estou grávida.

— Eu não acredito...

— Você ouviu muito bem. — Sabrina o encarou. — Estou grávida. Quatorze semanas. Um pouco mais de quatro meses.

— E o que veio fazer aqui? — perguntou em tom frio.

— O que acha que vim fazer? Vamos ter um filho! — respondeu irritada. — E, por favor, não me pergunte se o filho é seu, ok? A cadelinha boba e fiel e blá, blá, blá...

— Eu não duvido que seja meu. — encarou-a sem um pingo de sentimentos. — Mas não quero essa criança.

— O... O quê?

— Olha, você sabe que vou me casar e não preciso de um problema desses agora, ok? — pegou o talão de cheques e começou a preenchê-lo. — Esse valor aqui é mais do que o suficiente.

— O suficiente pra quê?

— Para um aborto. — colocou o cheque e um cartão com um endereço de uma clínica a sua frente. — Quando me ligou dizendo que estava vindo pensei nessa possibilidade. Aqui está o que você vai fazer, livrar-se dessa criança o mais rápido possível, entendeu?

— Keith eu...

— Fiz muitos sacrifícios para conquistar a vida que estou vivendo. — interrompeu-a. — Fiz uma faculdade que detestei e vou casar com uma mulher rica e idiota o bastante para achar que estou apaixonado.

— Você é desprezível.

— Posso ser pior do que isso. — disse levantando-se. — Não atravesse o meu caminho Sabrina, ou irá se arrepender.

Quando ele levantou e foi embora, ela ficou ali encarando o cheque e o cartão da clínica. Um aborto. Ele queria que fizesse um aborto. Colocou as mãos na barriga de forma protetora. Fora um erro vir até ali. Segurou o cheque e o cartão com lágrimas nos olhos. Ainda se ressentia por nunca ter percebido o quanto Keith era um ser desprezível. Sua necessidade de ter alguém provavelmente colocara uma venda em seus olhos. Decepcionada pagou a água que bebera e caminhou para a rodoviária disposta a nunca mais por os pés em Noonday. E se nunca mais visse Keith na vida, seria um bônus! Fora um erro ter vindo até ali.

Capítulo 2

Sabrina abriu a porta e não pode conter a surpresa ao observar quem era o seu visitante.

— Lucas! — Sabrina exclamou ao vê-lo parado no batente de sua porta. — O que faz aqui?

Por um longo momento ele não disse nada, seus olhos focados no volume inconfundível de seu ventre. Ficou lá parado, boquiaberto encarando-a em silêncio.

— Você está grávida.

Ela o ouviu dizer, antes de cambalear assustando-a.

— Lucas você está bem? — perguntou arrastando-o até o sofá. — Baixe a cabeça... respire fundo... isso! Assim mesmo.

— Obrigado.

Sabrina deu de ombros, antes de se dirigir a cozinha e retornar com um copo de água gelada e oferecer a ele.

— Tudo bem, se sentir mal... Deus sabe que tive muito disso ultimamente.

— Sinto muito...

Ela o ouviu murmurar enquanto continuava a observar sua barriga. Sabrina não entendeu muito bem pelo que Lucas estava se desculpando. Por quase ter desmaiado em sua porta? Ele desviou o olhar para o apartamento e ela sabia o que ele estava vendo. Caixas de papelão armazenadas em uma parede, algumas caixas e bolsas sobre a mesa e ao lado do sofá caixas de lenços de papel, suas companheiras nos últimos dias em que parecia chorar por qualquer coisa. Ele tornou a olhar sua barriga, ainda parecendo chocado.

— Não sabia que você ficaria tão chocado...

— Como não? — perguntou, ainda encarando a barriga. — Vamos ter um filho!

— Não! — Sabrina levantou e o encarou do meio da sala.

— Quando eu vi sua barriga...

— É por isso que você desmaiou quando me viu? — forçou um sorriso.

— Eu não desmaiei... eu fiquei um pouco tonto. — ele disse com um sorriso com covinhas.

— Isso não vem ao caso. — se aproximou e segurou sua mão. — Lucas, olha pra mim.

Sabrina esperou até que ele a encarasse e apertou seus dedos de forma nervosa.

— Independente do quanto eu gostaria... — piscou e lágrimas se avolumaram no seu rosto. —... Você não é o pai do meu bebê.

— Keith?

— Embora eu não soubesse, eu já estava grávida aquela noite. — ela assentiu.

— Ele sabe?

— Eu contei. — disse e puxou um bocado de lenços de uma das caixas e passou a enxugar as lágrimas. — Fui até Noonday procurá-lo e bem... — suspirou exausta. — Não sei o que eu esperava, mas... — respirou fundo e o encarou. — Esquece. Você não está interessado nisso.

— Sim, eu estou. — Lucas segurou suas mãos, como ela havia feito antes. — Foi isso que eu vim lhe dizer.

— Mas você não sabia...

— Sabrina, nós sabemos que aquela noite foi um erro. — ela anuiu devagar. — Porém, aconteceu e eu me preocupo com você.

— Eu não sei o que dizer... — uma nova leva de lágrimas teve início.

— Não precisa dizer nada. — Lucas sorriu encorajador. — Você pode contar comigo, sabe?

— Obrigada.

Ele era tão diferente de Keith! Porque o pai do seu bebê não pode tratá-la daquela maneira? Por que não lhe disse que poderia contar com ele, mesmo que não pudesse participar da criação do seu filho? A voz de Lucas a despertou de seus devaneios.

— Agora me conte... o que Keith disse sobre o bebê?

Sabrina então lhe contou como ele a recebera com frieza e despreza. Que havia lhe dado um cheque e o endereço de uma clínica de aborto, porque um filho atrapalharia seus planos de casamento com a filha do prefeito e sua iminente ascensão social. Falou do quanto Keith odiou a faculdade de veterinária... era apenas uma forma de preencher os requisitos que seu avô impusera para que o neto recebesse sua parte da herança. Keith nunca teve a intenção de clinicar ou de levar adiante o relacionamento com Sabrina.

— Ah, que droga Sabrina! — Lucas murmurou. — E o que você pretende fazer.

— Minha carreira de modelo foi interrompida com a gravidez. — explicou. — Não há muitos trabalhos para modelos grávidas.

— E essas caixas?

— Estou separando tudo que pode ser vendido e tentando vender o apartamento e encontrar um lugar mais barato para viver. — explicou. — Tenho umas economias guardadas, mas vou precisar de todas elas para quando chegar o bebê.

— Não venda o apartamento ainda. — Lucas lhe disse. — Eu vou ver uma maneira de ajudá-la sem que você precise vendê-lo.

— Ah, obrigada Lucas! — agradeceu entre lágrimas. — Você é realmente um cara legal.

Depois que Lucas foi embora, voltou a separar as coisas que poderia vender e deu um jeito de arrumar a sala. Sentiu-se tonta e lembrou que não havia comido nada por longas horas, então abriu uma lata de sopa e fez umas torradas. Pregou o cartão que Lucas lhe dera com o número de seus telefones em Springville e respirou um pouco aliviada. Não estava totalmente sozinha no mundo. Tinha um amigo.

* * *

Sabrina estava terminando de fazer uma salada quando ouviu uma batida na porta. O interfone não havia tocado, então acreditou que era apenas o porteiro com alguma entrega. Ou talvez fosse Lucas! Seu amigo estava lhe devendo uma visita e ela queria lhe contar sobre sua decisão de mudar de vida, agora que tinha outra pequena vida para cuidar.

Havia pensado em ir morar em Springville. Lucas lhe disse que pensaria em uma maneira de ajudá-la, então, talvez ele pudesse ajudá-la a encontrar uma casa ou apartamento por lá. O dinheiro que guardara daria para viver algum tempo. Então depois de ter o seu bebê poderia ver com alguém na cidade uma vaga... Poderia ser garçonete em algum lugar, já trabalhara com isso. Não estava preparada para entrada intempestiva de Keith, que bateu a porta com força antes de parar no meio da sala.

— Sua cadela mentirosa!

— Keith? — perguntou amedrontada.

— Eu disse a você que se livrasse disso.

Ele continuou avançando em sua direção. E Sabrina viu-se sem ter para onde correr.

— Não retirou a droga dessa criança! — vociferou. — Vai aprender a não me enganar.

O primeiro soco a derrubou quase inconsciente no chão. Apenas o pensamento de proteger o seu bebê lhe deu forças para se curvar e envolver os braços em sua barriga, em uma tentativa desesperada de proteger o pequeno ser que abrigava em seu ventre... então vieram os chutes e depois não se lembrava de nada.

Acordou em uma cama de hospital na companhia de um homem calado, que a encarava através de um par de impressionantes olhos verdes. Não era Lucas, mas um homem tão bonito quanto. Talvez estivesse sonhando... Mas, não. Não era sonho. Lembranças de Keith em sua casa invadiram sua mente. Sentia dores por todo o corpo e ainda assim seus braços se moveram em busca do seu ventre. Antes mesmo de tocá–lo sabia da triste verdade. Havia perdido o seu bebê.

— Eu perdi meu bebê! — sua voz transmitia toda sua angústia.

Os olhos verdes piscaram e as mãos do homem seguraram as suas quando ele disse baixinho.

— Eu sinto muito.

Encarou o homem a sua frente confusa. Ele parecia realmente triste pelo que havia lhe acontecido. Quem era ele e porque estava ali ao seu lado? Suas roupas não eram de médico...

— Eu... — molhou os lábios ressecados. — Como...

— Lucas em breve estará aqui e pode lhe contar tudo.

Ah, então devia ser um dos irmãos dele. Lembrava-se de Lucas ter dito que tinha dois... ou três irmãos. Não lembrava muito bem...

— Foi ele que...

— Sim, foi ele quem a encontrou e trouxe para o hospital.

Ah, se ao menos ele tivesse chegado um pouco antes... Tinha certeza que Keith não se atreveria a machucá-la. Deus! Tinha pena da mulher com quem ele iria se casar. Precisava encontrar um jeito de alertá-la... Lágrimas silenciosas começaram a cair copiosamente por seu rosto. Sentiu um ardor e tentou levar a mão ao rosto, no que foi impedida pelo estranho.

— Não toque. — pediu com carinho. — Está machucado.

Um riso histérico escapou de seus lábios antes de um soluço dar início a uma nova onda de lágrimas.

— Ele me disse que poderia ser um homem pior e eu não acreditei...

— Não se preocupe com ele. — o sujeito disse. — Ele não pode mais lhe fazer mal.

— Você não entende... — fechou os olhos.

Keith não poderia mais lhe fazer mal porque já havia feito o pior. Aquele monstro a atacou e a fez perder o seu bebê... Apertou o ventre vazio. Não devia ter contado a Keith sobre a gravidez. Fora um erro desde o princípio. Como não havia percebido o homem por trás da máscara de namorado amoroso e apaixonado? Porque não se mudara antes do apartamento? Se estivesse longe, em qualquer outro lugar do país, Keith nunca teria a encontrado.

—... É minha culpa.

— Como pode ser sua culpa? — mostrou-se indignado. — Aquele homem é um desequilibrado. Um criminoso.

— Ele me deu um cheque. — respirou fundo. — E o endereço de uma clínica...

— Ah, sim. Lucas já me entregou isso. — um sorriso frio estampou se rosto. — Também temos uma declaração do porteiro do seu prédio e a polícia já recolheu as impressões digitais do seu apartamento. — apertou sua mão confortando-a. — Não se preocupe Sabrina, seu ex-namorado não sairá impune disso. Eu não deixarei.

A convicção em sua voz a fez acreditar. Seus olhos... desviou o olhar quando não conseguiu sustentar o olhar firme que a encarava. Foi então que percebeu as roupas do homem. Terno e gravata o cobriam. Além do jeito de falar tão próprio de um policial ou advogado. Não parecia um cowboy ou rancheiro. Não era um dos irmãos de Lucas. Voltou a olhar em seus olhos e percebeu ali um brilho de diversão.

— Quem é você? — perguntou curiosa.

— Alex Baker. — respondeu com um sorriso genuíno. — O homem que de agora em diante vai protegê-la.

Capítulo 3

Sabrina descobriu que Alex Baker era um homem bom, gentil e que cumpria sua palavra. Antes mesmo de sair do hospital havia um processo instaurado contra o seu ex-noivo e a venda do seu apartamento foi concluída. Ele passava muito tempo com ela no hospital, contando coisas divertidas sobre sua vida, sua amizade com os irmãos Bennett e sobre as pessoas que moravam em Springville.

Dizia que precisava saber sobre as pessoas de Springville para que não ficasse impressionada quando visse aquelas figuras pessoalmente. O lugar parecia exatamente o que estava precisando para se recuperar e dar início a sua vida. Tinha algumas economias e esperava poder se estabelecer na cidadezinha.

Apesar de estar bem e poder sair do hospital, Lucas e Alex acharam melhor que ficasse ali até que organizassem tudo para que pudesse se mudar para Springville. Ali estaria segura, Alex informou. Um pouco mais cedo, nesta mesma tarde, resmungou que estava cansada da comida do hospital e Alex prometeu comprar um sanduiche. Ele estava ajudando-a a suportar as longas horas internada e se tornando um bom amigo.

Preocupava-se de que estava tomando o tempo dele, impedindo-o de trabalhar enquanto estava de babá ao seu lado, mas ele desconversava e dizia que tinha tudo sobre controle. Estava aguardando-o, quando ouviu a voz de Keith e soube que ele estava no hospital. O medo de que ele entrasse no seu quarto e tentasse agredi-la outra vez a fez empalidecer e paralisar de medo. Sentiu o suor escorrendo por seu rosto e inconscientemente protegeu o seu ventre, esquecida de que ali não havia mais um bebê.

Pouco tempo depois a gritaria do seu ex no corredor em frente ao seu quarto, informou que ele estava sendo impedido de entrar em seu quarto. A voz firme e tranquila de Alex se sobressaía, informando ao seu ex que ele estava violando a ordem de restrição e de que a polícia seria informada. Keith passou a esbravejar ameaças, até que sua voz foi desaparecendo, como se estivesse se afastando de seu quarto.

Quando Alex entrou no quarto, sorria, como se o acontecido não fosse nada de mais. Trazia sucos e sanduíches para lancharem. Além de um buquê de flores do campo que colocou no jarro ao lado de sua cama. Pegou a bandeja e colocou em seu colo antes de distribuir o suco em dois copos e começar a desembrulhar os sanduíches de rosbife. Deu uma mordida no dele e a encarou.

— Não vai comer? — seu olhar era divertido.

— Era Keith?

— Sim, era Keith. — respondeu e continuou a comer.

— Alex?

— Sim? — arqueou a sobrancelha.

— Keith esteve aqui no hospital, quase entrou no meu quarto e você se importa mais com um sanduiche?

— Keith não entraria em seu quarto. — piscou-lhe. — Confie em mim.

Deu mais uma mordida em seu sanduiche e a encarou impaciente quando viu que ela não iria comer e que ainda estava assustada.

— Existe uma ordem de restrição por causa da agressão. — Alex informou. —Keith não poder ficar a menos de trezentos metros de você.

— Essas ordens nem sempre são cumpridas... — murmurou e estremeceu. — E às vezes estou sozinha aqui...

— Eu sei. — Alex disse acariciando seu rosto. — É por isso que tem um segurança aqui na porta.

— Um segurança? — exclamou surpresa. — Deus, Alex! Eu não tenho dinheiro para pagar um segurança.

— Não vai pagar nada. — disse com um sorriso. — É da empresa de um amigo, que me devia um favor.

— Um amigo. Que devia um favor... — estreitou os olhos. — Foi o que você disse sobre a conta do hospital, a venda do meu apartamento e a compra da minha casa em Springville...

— O que posso fazer? — ele riu. — Vários amigos me devem favores...

Sabrina não resistiu e riu também, antes de com um suspiro exasperado morder o sanduiche que estava realmente muito bom. Quando terminaram de lanchar, Alex recolheu as embalagens e colocou no lixo, antes de sentar ao seu lado e pegar sua mão. Sabrina tentou se esquivar do toque, mas ele não deixou. Se antes ela achava seu toque reconfortante, agora achava inquietante. Fazia quase dez dias que estava no hospital e não via a hora de sair dali, principalmente agora, ao saber que Keith estava rondando o lugar.

— Não confia em mim?

— É claro que confio.

Era fácil confiar em Alex. Além de Lucas, ele talvez fosse à única outra pessoa em quem confiava. Eles eram também os únicos homens que não a faziam estremecer de pavor ao estar próxima.

— Eu prometi ao Lucas que estaria aqui ao seu lado.

— Eu sei, mas...

— E prometi a você protegê-la. — apertou sua mão e se levantou. — Eu vou fazer isso. Acredite.

— Eu acredito. — suspirou derrotada, antes de olhar em seus olhos. — Nunca terei como agradecer tudo que está fazendo por mim...

— Tenho que ir. — Alex a interrompeu bruscamente, preparando-se para sair do quarto. — Vejo você amanhã.

Sabrina o observou se afastar sem saber o que tinha dito de errado para fazê-lo sair tão depressa.

* * *

Alex deixou o hospital e foi até a delegacia denunciar a aproximação de Keith, violando a ordem de restrição. Deu graças a Deus por estar segurando o lanche de Sabrina — o que manteve suas mãos ocupadas — e por conter a vontade de socar aquele monte inútil de merda até deixá-lo em uma cama de hospital.

Ele sabia mais que isso. Se tivesse batido no merdinha acabaria sendo preso e então não poderia proteger a mulher que estava no quarto, provavelmente aflita com os gritos do lado de fora. Então, respirou fundo e informou que a polícia chegaria em instantes, já que ele estava infringindo a lei, enquanto o segurança enviado por Thomas Rogers — um antigo colega de faculdade — escoltou Keith até a saída, quando este não quis escutar suas palavras.

Quase paralisou ao entrar no quarto e encontrar Sabrina encolhida na cama, protegendo o ventre vazio e o olhando apavorada. Tentou mostrar serenidade e demonstrar que o show que seu ex-noivo fez no corredor não era algo com que ela precisasse se preocupar. Mas, no fundo sua vontade era tomá-la em seus braços e prometer que tudo ficaria bem e que ela não precisava ter medo.

Enquanto lanchavam, percebeu que ela foi aos poucos voltando ao normal e então se acalmou. Cortava seu coração vê-la com tanto medo e ela parecia tão frágil... Alex havia se programado para passar a noite no hospital ao seu lado, mas, de repente precisava de ar.

A gratidão que ela demonstrava o incomodava. Embora não soubesse o motivo. Mesmo não tendo explicação, sentia-se aborrecido por tantas palavras de gratidão. Além disso, o fato de Keith saber onde ela estava internada o incomodava. Ainda bem que no dia seguinte ele e Lucas iriam finalmente levá-la para Springville, onde seria mais fácil protegê-la. Lucas havia encontrado no apartamento de Sabrina um plano de negócios e juntos, haviam organizado tudo para que ela pudesse começar sua vida em Springville.

A casa de dois andares no centro de Springville, já havia tido muitos donos. Nos últimos anos a parte de baixo fora utilizada como um depósito, mas estava em bom estado. O apartamento em cima era parecido com o que Sabrina havia vendido então a maior parte de seus móveis foi aproveitada. Apenas os móveis da sala e o tapete foram trocados, para evitar as lembranças da terrível violência que ela havia sofrido. O antigo depósito, depois de uma mão de tinta, um balcão e algumas prateleiras estava pronto para que Sabrina começasse o seu negócio.

Tinha certeza que os moradores acolheriam bem Sabrina. A notícia do que ela havia sofrido acabou chegando a alguns jornais e revistas, e mesmo em Springville essas notícias acabavam chegando. Lucas já havia avisado ao xerife Noah Carter sobre a situação e este prometeu ficar atento. Além disso, tinha certeza que todos os seus amigos também fariam o possível para ficar de olho em Sabrina.

Alex já havia dado entrada na papelada e depois que Sabrina assinasse não haveria empecilhos para que tudo funcionasse perfeitamente bem. Esperava que Sabrina realmente se desse bem em Springville e que a cidade ajudasse a curá-la. E que depois de tanta tristeza, o futuro trouxesse coisas boas para ela.

Capítulo 4

Viver em Springville era realmente o que Sabrina precisava para poder se recuperar do que havia sofrido. É óbvio que jamais se esqueceria do seu bebê. Às vezes, à noite, acordava assustada ouvindo o choro de uma criança. Em outras podia jurar que ainda havia um coração pequenino batendo em seu ventre. A psicóloga que o irmão de Alex, o doutor Ryan Baker, indicou havia lhe dito que esses pesadelos iriam acabar com o tempo, principalmente quando ela realmente acreditasse que não foi sua culpa.

Mas, Sabrina sabia que era culpada. Por escolher o homem errado para entregar seu coração, por ter questionado se daria conta de levar adiante a gravidez sozinha, por ter procurado Keith. Deus! Arrependia-se todos os dias por não ter protegido o seu bebê quando toda a violência de Keith veio à tona. Agora, seu ex-namorado estava pagando pelo que lhe fizera e não podia chegar a Springville. Isso lhe confortava. As pessoas daquela cidade lhe confortavam. Mesmo nos momentos em que o peso do que aconteceu era tanto que ela só queria se esconder do mundo, sumir e ficar sozinha...

Muito por causa de Lucas...

Seu amigo havia feito o possível para que ela pudesse se estabelecer em Springville e sabia que ela estaria protegida naquela cidade, entre as pessoas que conheciam os Bennetts desde que eram crianças. Inclusive depois que havia decorado o casamento de Jacob Bennett, seu negócios haviam se expandido de tal forma que foi preciso contratar ajuda. Sentia-se parte de uma comunidade, com amigos de verdade. soube que Seu amigo fora maravilhoso! Ele e Alex...

Alex Baker era um homem correto, paciente e que estava sempre disposto a lhe ajudar e proteger. Havia ajudado muito, principalmente a passar pelos primeiros meses após chegar a Springville. Haviam embalado juntos, as coisas que ela já havia comprado para o bebê e que seriam doadas. E foi ele que a levou as consultas com médico e com a psicóloga. A rotina que haviam criado de saírem juntos para o Country Club Springville, assistir um filme no único cinema da cidade ou apenas jantarem na casa de um deles assistindo algum programa na televisão foram muito importantes para ela.

Porque no final, Alex se tornou muito mais próximo dela do que Lucas. E ela entendia. Causara problemas entre Lucas e sua noiva, Summer, que ele agora tentava reconquistar a todo custo. Esperava que ele tivesse sorte e que Summer o aceitasse outra vez. Lucas era uma ótima pessoa e merecia muito ser feliz.

Quanto a Alex... — suspirou enquanto terminava mais um arranjo de flores — sentia que nos últimos meses se tornaram muito mais próximos e isso a assustava. Aquele homem havia lhe visto em seu momento mais frágil, ajudou-a a se reerguer após ter passado por tanta dor. Os últimos anos haviam sido difíceis, mas, sabia que sem a presença constante de Alex ao seu lado tudo seria ainda pior. E saber que sempre poderia contar com a sua amizade era algo precioso e que esperava conservar.

Porém, as coisas haviam mudado. De repente ser somente seu amigo parecia não ser o bastante para ele e ele havia deixado isso bem claro na última vez que se viram, uma semana atrás. Estava em casa, preparando uma massa com molho *pesto* para o jantar, e decidindo se deveria fazer uma quantidade de espaguete suficiente para Alex, já que não tinha certeza se ele apareceria, quando a campainha tocou.

Abriu a porta e deu de cara com um Alex definitivamente cansado e com um brilho diferente em seus olhos.

— Oi. — cumprimentou-a com o beijo no rosto de sempre... talvez um pouco mais demorado. — Posso entrar?

— Claro!

Terminou de abrir a porta e pegou o paletó e a pasta que ele carregava e jogou em seu sofá, antes de arrastá-lo para a pequena cozinha.

— Estou fazendo espaguete. — disse enquanto se encaminhava para o fogão.

Despejou uma porção suficiente para dois na água quente e estranhando seu silêncio virou-se para encará-lo e o viu parado entre a sala e a cozinha, exatamente onde o deixara.

— Você está bem?

— Não. — a resposta sucinta a assustou.

— O que aconteceu?

Aproximou-se o bastante para passar os dedos suavemente pelas linhas de tensão em seu rosto. Alex deu um passo para trás afastando-se.

— Alex?

— Eu não deveria ter vindo.

— É claro que deveria.

Deu a ele algum espaço, voltando ao fogão e escorrendo a massa e colocando-a nos pratos. Depois de despejar o molho *pesto* em cima, levou para a mesa que arrumou rapidamente, antes de convidar um Alex estranhamente calado.

— Janta comigo? — Odiou a fraqueza e a carência em sua voz e a falta de resposta da parte dele.

Desviou os olhos e sentou-se a mesa começando a comer, com a esperança de que ele sentasse ao seu lado e contasse como foi o seu dia. Que sugerisse assistir alguma série na televisão ou apenas se jogasse em seu sofá... A comida tinha gosto de nada. Percebeu que havia algo de errado com Alex e por um momento teve medo de que ele tivesse encontrado alguém e que fosse se afastar dela. Era egoísta, ela sabia, mas gostaria que não fosse assim. Alex era a única pessoa que tinha, já que Lucas agora tinha Summer.

— Breezy?

O apelido carinhoso encheu de lágrimas os seus olhos. Odiou ser tão fraca. Odiou desejar cada migalha de carinho. Odiou necessitar da presença constante de Alex ao seu lado.

— Por favor?

— Eu não posso continuar Breezy.

Viu quando Alex passou ao seu lado, como que se dirigindo para a porta e se levantou para impedi-lo. Sentiu seu coração bater enlouquecidamente ao atravessar o seu caminho e ao levantar os olhos para encará-lo teve um vislumbre de suas emoções e a dor em seus olhos a surpreendeu. Fechou os olhos e perguntou num misto de medo e confusão.

— Por quê?

Alex a encarou, tentando por em palavras o que estava sentindo. Desde que soube de toda a história de amor entre Lily

Nowels e Simon Michels, a mãe de Jacob e o pai de Lacey, a forma como nunca ficaram juntos, nunca conseguiram viver esse amor plenamente e a maneira trágica como a história terminou — ela morrendo em um acidente e ele suicidando-se logo depois — soube que não poderia mais se manter ao lado de Sabrina obtendo dela apenas o carinho de um irmão.

Estava abalado e decidido a não mais perder tempo em sua vida. A certeza de que precisava mudar o seu relacionamento com ela ou deixar ir, apenas intensificou-se ao longo dos tempos, e então hoje... Decidiu que não podia mais viver fingindo ser apenas um amigo da mulher por quem estava apaixonado.

Seus lábios tomaram os dela em um beijo suave como o bater das asas de uma borboleta. Sentiu que ela estremeceu e instintivamente ofegou, dando espaço para que a beijasse com toda a paixão e desejos reprimidos desde que soubera que ela era a mulher que o faria desistir da vida de solteiro e namorador. Tentou transmitir naquele beijo, todos os sentimentos guardados em seu coração.

Quando foi necessário se separar em busca de ar, afastou-se apenas o suficiente para encará-la. De olhos fechados e os lábios úmidos e vermelhos, ela era a mulher mais linda que ele já vira. Porém, quando ela abriu os olhos anuviados pela paixão, havia também medo.

— Alex, eu... — as palavras ficaram presas em sua garganta. — Não faça isso comigo.

— Eu quero mais, Breezy. — murmurou depositando um beijo em sua testa, antes de se afastar. — Eu quero tudo.

Pegou o paletó e a pasta no sofá e saiu de seu apartamento, deixando-a confusa com seus sentimentos e com mais espaguete do que poderia comer. Juntou a comida em seu prato e jogou no lixo. O prato intocado de Alex foi para a geladeira. Havia perdido a fome.

Depois de arrumar a cozinha foi para o quarto decidida a não pensar no ultimato que Alex lhe dera. Não tinha certeza de estar preparada para entrar em um relacionamento. Não tinha certeza de que poderia ser mais que uma amiga para Alex. Infelizmente, suas palavras e seu beijo ficaram em sua mente, impedindo-a de dormir e de chegar a uma decisão.

Ele não a procurou uma única vez desde então, pensou enquanto colocava o arranjo finalizado junto aos outros que iriam para o Rancho Bennett, antes de começar um novo arranjo e pensar que provavelmente iria vê-lo no casamento. E talvez então, pudesse conversar com ele e encontrar uma maneira de não perder sua amizade.

Capítulo 5

Sabrina chegou ao Rancho dos Bennetts, trazendo as flores para o casamento de Jacob Bennett, irmão de Lucas, e a Doutora Lacey Michels, quando viu Lucas acenando para ela. Com um largo sorriso no rosto, ela o abraçou apertado quando o alcançou.

— Lucas!

— Você está bem?

— Maravilhosa! — disse com um sorriso. — Obrigada, por convencer seu irmão a usar minhas flores.

— Não precisa agradecer. — disse desconversando.

— Preciso sim. — ela disse emocionada. — Você salvou minha vida, Lucas.

Pode ver em seus olhos que ele acreditava que não havia feito tudo que podia para ela. Infelizmente Lucas havia chegado ao seu apartamento muito tempo depois que Keith lhe atacara.

— Você salvou minha vida. — repetiu e fez um gesto para a festa. — E continua me ajudando...

— O mérito foi seu, por ter sobrevivido. — disse com carinho. — Desejo que seja feliz, Sabrina.

— Eu serei... — respondeu rapidamente — Eu sou. — suspirou e o encarou. — Você está feliz, Lucas?

— Eu serei. — disse repetindo suas palavras.

Sabrina pensou ter escutado um "eu espero", mas, não pode comprovar, pois logo em seguida foi chamada para dar os retoques finais para o casamento.

A cerimônia de casamento foi linda. Sabrina ficou emocionada ao ver o casal apaixonado dizer sim. Soube por Alex que havia uma suspeita de que Lacey e Jacob fossem irmãos. Estava feliz que aquilo não fosse verdade e que eles tiveram a chance de viver esse amor. Após a cerimônia, os convidados estavam espalhados pelas mesas dispostas no gramado dos fundos da grande casa do rancho. Cada mesa continha um lindo arranjo de flores e muitos dos convidados a elogiaram por seu trabalho. Aos poucos estava se sentido aceita na comunidade. Sabia que o fato de ter Lucas e Alex como amigos ajudava as pessoas a serem receptivas.

Alex havia chegado com o irmão e uma jovem muito bonita. A moça estava monopolizando a atenção dos irmãos Baker, mas, Sabrina não conseguiu descobrir que tipo de relacionamento existia entre eles. Aceitou a taça de champanhe que um garçom lhe serviu e percebeu com o canto olho o momento em que Lucas arrastou Summer em direção ao deck na beira do rio.

— Sabrina, eu preciso agradecer.

A voz de Lacey a fez olhar para a noiva. A médica de baixa estatura e um pouco acima do peso a encarava sorridente. Mesmo tendo trabalhado com muitas mulheres lindas, nada se comparava a beleza de Lacey naquele momento. Talvez tivesse mais com o fato de estar apaixonada — e ser correspondida — que com seus traços físicos.

— Eu que agradeço por ter me contratado, Lacey. — respondeu, retribuindo o sorriso. — Está linda e parece tão feliz.

— Eu estou. — seu rosto enrubesceu. — Depois de tudo, Jacob não via a hora de me fazer sua esposa.

— Ele é um homem esperto!

— Oh, eu acho que sim. — riram juntas. — As flores estão lindas. Eu amei. — disse despedindo-se antes de ir encontrar outros convidados. — Sinta-se a vontade na festa.

Observou que Alex havia se afastado e estava pronta para ir até ele e tentar se aproximar dele quando viu Lucas retornar a festa com o semblante preocupado. Esperou um tempo depois que Lucas desapareceu em meio aos convidados e em um impulso, seguiu pelo caminho pelo qual ele veio e foi até o deck. Summer estava lá.

A garota era linda. Não aquela beleza que se percebe imediatamente, mas, após seus anos trabalhando como modelo sabia reconhecer o potencial em alguém. Se ela desejasse e tivesse quem a orientasse... balançou a cabeça. Não era para isso que estava ali. Precisavam conversar.

— Summer? — aguardou que ela se virasse e reconhecesse sua presença, antes de se apresentar. — Eu sou...

— Sabrina Jackson.

A forma como ela disse seu nome, tão cheia de raiva e ressentimento abalou-a e lhe dizia que ela sabia o que aconteceu entre ela e Lucas. Ignorando os comandos que lhe diziam que se afastasse, respirou fundo e deu um passo em sua direção. Tinha um propósito e seguiria em frente.

— Sim, eu sou Sabrina. — respirou fundo. — Precisamos conversar.

— Oh, eu acho que não!

Sabrina viu que Summer estava prestes a voltar para festa e deixá-la ali sozinha, e precisava conversar com ela. Precisava ajudar Lucas a ser feliz, já que seu amigo havia feito tanto por ela.

— Ele te ama, sabe? — disse de uma vez e a viu parar no lugar. — Ele não faz segredo disso.

— Isso incomoda você? — Summer perguntou e aguardou sua resposta.

— Incomodar? — deu um sorriso sem graça. — Não. Talvez eu apenas tenha um pouco de inveja de você. — engoliu o nó em sua garganta. — Meu namorado me trocou por uma rica herdeira de quem era noivo há anos.

— Sim, e você se aproveitou para se jogar na cama de Lucas. — podia perceber a raiva e o ciúme de Summer.

— Não foi assim. — Sabrina exclamou. — Aquilo foi um erro e não significou nada! — se apressou a explicar. — Lucas é um homem bom e eu sou grata a ele pelo que fez por mim. — respirou fundo tentando se acalmar e entrelaçou os braços sobre o ventre. — Eu estava grávida.

O suspiro de Summer a fez repensar suas palavras. Não queria que ela entendesse de forma errada. Droga! Não era assim que havia ensaiado aquela conversa.

— Não do Lucas! — exclamou rapidamente e atropelou as palavras ao explicar. — Keith foi meu único namorado, o primeiro a... ele não quis o bebê. — Encarou–a, os olhos marejados. — Ele não quis, entende? Deu–me dinheiro para que eu me livrasse do nosso filho. — observou a expressão da mulher a sua frente que era um misto de acusação e tristeza. — Eu não fiz o que ele queria. Então, quando eu já sentia os movimentos do meu bebê... — sua voz ficou embargada. — Keith invadiu meu apartamento e me atacou... Ele me machucou e eu perdi meu bebê.

As lembranças a machucavam, mas, não iria pará-las. Precisava fazer Summer entender que Lucas foi e sempre seria apenas um amigo. Alguém que a ajudou no momento mais difícil de sua vida.

As lembranças ainda estavam vívidas em sua mente. O interfone não havia tocado, então acreditou que era apenas o porteiro com alguma entrega. Ou talvez fosse Lucas! Seu amigo estava lhe devendo uma visita e ela queria lhe contar sobre sua decisão de mudar de vida, agora que tinha outra pequena vida para cuidar.

Não estava preparada para entrada intempestiva de Keith, vociferando que ela era uma cadela mentirosa e que aprenderia a não enganá–lo. O primeiro soco a derrubou quase inconsciente no chão. Apenas o pensamento de proteger o seu bebê lhe deu forças para se curvar e envolver os braços em sua barriga, em uma tentativa desesperada de proteger o pequeno ser que abrigava em seu ventre... então vieram os chutes e depois não se lembrava de nada.

Acordou em uma cama de hospital na companhia de um homem calado, que a encarava através de um par de impressionantes olhos verdes. Sentia dores por todo o corpo e ainda assim seus braços se moveram em busca do seu ventre. Antes mesmo de tocá–lo sabia da triste verdade. Havia perdido o seu bebê.

— Eu perdi meu bebê!

Os olhos verdes piscaram e as mãos do homem seguraram as suas quando ele disse baixinho.

— *Eu sinto muito.*

— Eu sinto muito.

As palavras de Summer, uma replica das que ouvira de Alex tempos atrás fez Sabrina levantar os olhos. Ela havia se aproximado e já não a encarava como a uma inimiga. Não que acreditasse que um dia poderiam ser amigas, mas, se ao menos sua confissão a fizesse aceitar Lucas e fazê-lo feliz... poderia lhe pagar ao menos uma parte do muito que ele lhe ajudara.

— Lucas e Alex me ajudaram com a processar Keith e a me mudar para Springville. — respirou fundo tentando conter as emoções reavivadas. — Apresar de haver uma *ordem de restrição* por causa da agressão e ele *não poder* ficar a menos de trezentos metros de mim... Alex achou que seria melhor eu ficar aqui.

— Ele estava certo. — Summer disse firme. — Em Springville as pessoas cuidam umas das outras.

— Foi o que ele disse. — Sabrina assentiu. — Eu só queria que você soubesse que nunca quis me intrometer entre você e Lucas e que não há nenhuma intenção romântica entre nós. Nunca ouve. Ele só tem olhos pra você e mesmo que não fosse assim...

Deu de ombros, mas as palavras ficaram no ar. Ela não cairia na armadilha de se envolver outra vez. Nada de romance na sua vida. Nada de homens na sua vida. Nem mesmo que aquele homem fosse tão bom e decente quanto Lucas. Nem mesmo se aquele homem fosse... Alex. Não. A dor em seu corpo havia passado com o tempo, mas a dor em seu coração não teria fim. E se no fim as coisas dessem errado outra vez... Não tinha certeza de que poderia aguentar.

— É melhor você voltar pra festa, antes que ele volte para procurá-la.

Summer assentiu, mas, continuou parada encarando-a. Sabrina viu a forma como ela apertou o anel antes de virar para ir embora.

— Você vai ficar bem? — perguntou antes de se retirar.

— Algum dia... — respondeu e a observou se afastar.

Aproximou-se de uma das cadeiras de madeira dispostas no deck e sentou-se, buscando controlar seus pensamentos e emoções antes de voltar para festa.

Capítulo 6

— Isso que você fez foi bonito, Breezy.

— Alex! — ofegou surpresa ao vê-lo se aproximar e sentar a sua frente.

Alexander Baker tinha uma beleza impactante. Alto, muito alto e com belíssimos olhos verdes que estavam agora fixos nela. Seus cabelos cortados ao estilo militar, havia crescido e tinha agora um volume no topo, que ele penteava para trás. Ele poderia ser um modelo profissional se quisesse. Mesmo o nariz torto — resultado de uma briga com o irmão quando eram jovens — e a pequena cicatriz no queixo — deixada ali por um cliente insatisfeito — não faziam mais do que deixá-lo mais sexy. Estava em um terno cinza, a camisa branca com alguns botões abertos e nenhum sinal da gravata. Estava lindo e parecia bom demais para ser verdade.

— Eu sei que se lembrar do que aconteceu te machuca. — as palavras de Alex a fizeram parar de divagar.

— Eu precisava fazer isso pelo Lucas. — respondeu desviando o olhar.

— Ah, sim... o Lucas. — disse e levantou caminhando até o fim do deque e dando-lhe as costas. — Eu não sabia que vocês eram tão íntimos.

— Nós não somos.

— Você acabou de admitir que foram amantes.

— Nós não... — Sabrina se levantou, aproximando-se dele em um impulso.

— Agora eu começo a entender...

— Alex, pare!

Puxando o seu braço, forçou-o a olhar para ela. Havia uma intensidade de emoções espelhadas em seu rosto. Sentiu seus joelhos amolecerem e deu um passo para trás.

— Eu nunca a machucaria. — disse ao notar seu medo.

— Eu sei que não. — afirmou aproximando-se outra vez. — Desculpe.

— Não tem que se desculpar, Breezy. — tocou seu rosto com carinho.

Sabrina fechou os olhos, aproximando o rosto de sua mão, necessitando do seu toque. Sentiu a falta de Alex durante a semana que ele passou afastado. Lucas a salvou, mas foi Alex que lhe ajudou a ter vontade de viver. Que esteve ao seu lado incentivando-a e ajudando-a a se reconstruir depois da sua perda. Alex havia se tornado o seu melhor amigo.

— Você podia ter me contado. — Sabrina abriu os olhos, encarando-o confusa. — Eu nem posso competir com ele, certo? O cara é simplesmente perfeito.

— Do que você está falando?

— Você e o Lucas. — Alex respondeu enciumado.

— Não é assim...

— Eu sei que a história com aquele seu namorado ainda faz você se assustar quando alguém se aproxima demais. — disse com pesar. — Eu sei que você ainda tem pesadelos.

— Como você sabe disso? — perguntou envergonhada por ele saber tanto...

— Eu já dormi em seu sofá. — disse rapidamente. — Mas, Breezy, o Lucas sempre foi apaixonado pela Summer...

— Eu sei.

— Ele nunca vai poder ser... — encarou-a quando suas palavras fizeram sentido. — Sabe?

— Sim, eu sei. — ela respondeu. — E eu não estou apaixonada por ele.

— Você disse a Summer que vocês...

— Fizemos sexo. — respondeu envergonhada. — Foi apenas uma vez, Alex.

Afastou-se e caminhou até a beirada do deque. Tirou os sapatos e colocou os pés na água. Respirou fundo antes de contar com a voz embargada.

— Por muito tempo foi apenas eu e minha mãe. Mas então ela morreu e eu fui morar com uma tia. Eu não passava de uma empregada sem salário. Nem mesmo era considerada da família. Eu estudava à noite depois de passar o dia trabalhando na casa. Até que eu que eu fiz dezoito anos e deixei a casa da minha tia. Um professor havia falado sobre o Houston Community College e os cursos ótimos que eles tinham. Então eu fui para lá decidida a construir uma vida legal para mim. Eu não tinha ninguém em Houston. Nenhum parente, nenhum amigo...

— Breezy, não precisa falar sobre isso.

— Eu sei. — afirmou ainda olhando para a água. — Mas quero contar a você. Quero que você entenda. — respirou fundo.

"Um dos meus primeiros trabalhos como modelo, depois que o olheiro me achou na lanchonete, foi na Rice University. Foi quando eu conheci Keith. Ele era tão lindo e parecia estar interessado em mim. Eu fiquei... lisonjeada. Nunca tive um namorado e ele foi tão encantador. Hoje eu vejo que devo ter parecido uma bobona solitária e ingênua..."

Alex se aproximou e a fez se levantar, antes de abraçá-la. Sabia que reviver sua história estava machucando-a. E se não podia fazê-la parar de lembrar, ao menos podia sustentá-la em seus braços.

"Keith era o meu mundo. Eu acreditei em cada palavra que ele disse. Acreditei que teríamos um futuro juntos, que iríamos casar... E então, uma noite eu o ouvi falar para um amigo sobre sua noiva e que eu apenas era alguém com quem ele podia fazer sexo sem se preocupar com doenças... Uma cadelinha fiel."

— Bastardo! — Alex praguejou.

— Eu fiquei tão transtornada... Eu fui a uma festa e bebi tanto quanto eu pude conseguir.

— Breezy...

— Eu estava magoada. — encarou-o. — Ele havia sido o único homem em minha vida e eu não era nada para ele. Ele me ofereceu para o amigo dele.

— Canalha.

— Então eu encontrei Lucas na festa. — tentou se afastar, mas, Alex não deixou. — Ele parecia tão ruim quanto eu e nós acabamos indo para o quarto dele. — fechou os olhos.

— O bebê não era de Lucas. — Alex afirmou.

— Não. — Sabrina o encarou com os olhos úmidos. — Eu já estava grávida e não sabia.

— Mas, o Lucas e você voltaram a se encontrar...

— Sim. Ele se ofereceu para ser meu amigo. — tentou sorrir. — Deus sabe que eu não tinha nenhum...

— Eu entendo. — murmurou. — Se você gosta dele assim...

— Não existe nada entre o Lucas e eu. — murmurou. — Ele é apenas um amigo.

— Eu também sou seu amigo.

— É diferente. Não existe ninguém, como você Alex. — colocou as mãos espalmadas em seu peito. — Nenhum homem em minha vida além de você.

— Nós não estamos juntos desse jeito. — ele retrucou.

— Não. Porque eu não sei se posso ter alguém em meu coração outra vez. — suspirou e disse baixinho — Mas, seu eu pudesse, gostaria que fosse você.

Na ponta dos pés, aproximou-se o suficiente para que seus lábios se tocassem. Beijou-o apaixonadamente, tentando mostrar o que não conseguia colocar em palavras. Superando seus medos e inseguranças. Arriscando o seu coração porque não queria, não podia perder o dele.

— Então, vai dar uma chance a isso que existe entre nós?

— Ainda não. — sussurrou de encontro aos seus lábios.

— Breezy...

— Eu preciso de tempo para aceitar que as coisas estão mudando entre nós.

Alex logo tomou sua boca em um novo beijo apaixonado e excitante, despertando emoções há muito adormecidas em seu corpo. Sabrina abriu mais botões de sua camisa e deixou suas mãos tatearem pelo peito firme, coberto por uma fina camada de pelos. As mãos de Alex passearam pelas suas costas e chegaram as laterais de seu corpo, resvalando em seus seios dolorosamente túrgidos. Um barulho na festa interrompeu o momento de paixão.

— Isso é loucura. — sussurrou apoiando-se no corpo firme em busca de equilíbrio. — Alex...

— Não há nada de louco no que sinto. — murmurou em seu ouvido, mordicando-lhe o lóbulo.

O barulho de carros ligando e despedidas fez com que se afastassem. A festa havia acabado e eles mal perceberam o tempo passar enquanto estavam ali, envolvidos nos sentimentos entre eles.

— Por favor... — pediu enquanto tentava se recompor.

Alex encarou a mulher a sua frente e viu a confusão de sentimentos e o medo estampado em seus olhos. E foi então que soube que faria o que ela quisesse. Ou ao menos, tentaria.

— Tudo bem Breezy.

Sabrina soltou a respiração que até então não sabia que estava retendo. Não iria perder Alex. Só precisava ter a coragem de arriscar outra vez. Talvez não fosse tão ruim dar uma segunda chance ao amor.

Viu quando ele caminhou em direção à festa e depois voltou. Alex a agarrou e tomou seus lábios em um beijo furioso e repleto de promessas de prazeres que Sabrina só podia imaginar. Quando já estava sem fôlego e até um pouco zonza ele se afastou com um sorriso no rosto.

— Mas Breezy, eu preciso te avisar. — ele exibiu um sorriso e uma covinha apareceu em seu rosto. — Eu vou seduzi-la em cada oportunidade.

E enquanto ele se afastava, Sabrina não pode deixar de pensar que aquela era a ameaça mais deliciosa que alguém lhe fizera. Não sabia se estava preparada para o Alex sedutor... Mas, não via a hora de vê-lo em ação.

Capítulo 7

Alex sabia que seria difícil dar tempo e espaço a Sabrina. Depois de tanto tempo convivendo quase como um casal — apenas não existia a intimidade física que existia entre os casais — não sabia como conciliar o que já existia entre eles, com o que ele desejava e o que ela precisava.

Não a procurou no final de semana, pois ela tinha trabalho em um evento do Clube e ele aproveitou o tempo para por em ordem o trabalho que se acumulara enquanto estavam afastados. Sua cabeça não conseguia focar no trabalho, enquanto lutava com o seu coração para não procurá-la.

Estava caminhando para o hospital, onde encontraria com seu irmão, quando viu um sujeito empurrando a mulher de David pela rua. Aquilo era tão estranho e o olhar em seu rosto tão apavorado, que Alex adivinhou que o sujeito só poderia ser o ex-noivo que a ameaçava. Pensando rápido gritou.

— Ei, Mary?

Alex viu Mary olhar em sua direção, aliviada por ver um rosto conhecido. O cara a apertou mais próximo ao corpo quando ela respondeu.

— Oi.

— Onde está a bonequinha? — perguntou tentando ganhar tempo enquanto aguardava ajuda.

Os olhos de Mary pareciam estar cheios de lágrimas quando o encarou.

O ex-noivo disse algo a ela, que ele não pode ouvir, mas escutou sua resposta claramente.

— Ela está com David.

— E onde está David? — Alex continuou a conversar.

— Nós estamos com pressa. — o homem disse e tentou avançar, mas Alex o interceptou se colocando em seu caminho.

— Não vai me apresentar seu amigo? — perguntou a Mary que parecia apavorada.

— Nós realmente estamos com pressa... — o olhou pedindo com os olhos que se afastasse.

— Tudo bem. — Alex disse pareceu aliviada. — Quero só falar com você em particular por um segundo.

Avançou para puxá-la pelo braço e nesse momento Robert empunhou a arma e apontou para ele.

— Afaste-se! — ele gritou.

— Largue a moça. — Alex disse, sem se mover.

— Escuta aqui cara, você não tem nada a ver com isso, mas, se você não se afastar agora eu não terei nenhum problema em atirar em você, então porque você e seu terninho engomadinho simplesmente não somem da minha frente?

Alex o ignorou, avistando David que se aproximava por trás deles. O cara percebeu o olhar no momento em que Alex puxou Mary pra longe dele e então começou a atirar de forma enlouquecida antes de ser derrubado por um David furioso, que depois de tê-lo no chão deu socos até que ele não tivesse mais nenhuma reação.

Alex sentiu o impacto do tiro e viu quando Mary foi atingida, antes que conseguisse rolar o corpo para protegê-la. Viu David correr para a mulher e ignorando o ferimento que sangrava em seu braço se moveu em busca de ajuda médica.

Viu o pavor no rosto do seu irmão ao vê-lo ferido e o quanto foi difícil para ele deixá-lo aos cuidados de outro profissional enquanto se apressava para atender Mary. Queria dizer a ele que entendia, mas logo foi colocado em uma cadeira de rodas e levado para o pronto socorro.

A bala atravessou o seu braço — o que era bom — segundo lhe garantiu o doutor Jared Smith. Depois de limparem e costurarem o ferimento, o médico colocou um enorme curativo em seu braço e o liberaram para que fosse ao centro cirúrgico onde Mary estava sendo operada.

Já havia algumas pessoas na sala de espera quando ele chegou. Aos poucos amigos e familiares de David foram enchendo a sala, aguardando por notícias. Lucas e Kate. Serena, Faith e seu amigo Savage. Summer. Nannete. O efeito da anestesia que lhe deram estava perdendo o efeito e a dor latejante em seu braço começava a incomodar, mas, apesar de sentir-se dolorido ficaria até que tivesse notícias de Mary. Culpava-se por não ter evitado que ela se machucasse. Se ao menos tivesse feito algo...

Viu seu irmão se aproximar e todos ficarem em silêncio, quase prendendo a respiração enquanto aguardavam ansiosos pelas notícias. Viu Lucas e Jacob ladearem David, talvez com medo que ele desmoronasse e por via das dúvidas — mesmo com o braço ferido — ficou um passo atrás deles para o caso de precisarem de mais um apoio.

— Ela está... — havia medo na voz de David.

— Viva. — seu irmão respondeu para o alivio de todas as pessoas na sala.

— Foi complicado tirar a bala, que estava em uma região perigosa, mas, conseguimos. — Ryan disse cansado. — Ela esta sedada no momento e não deve acordar até amanhã.

Enquanto as maiorias das pessoas presentes foi dar um abraço em David antes de se despedir e irem embora, seu irmão se aproximou.

— Você está bem? — observou o curativo em seu braço e o observou em busca de mais ferimentos.

— A bala atravessou o braço. — explicou. — Já fui costurado e está tudo bem.

— Não tomou nada para dor?

— Eu preferi vir ver como a Mary estava. — respondeu com um esgar. — Assim que chegar em casa tomarei o remédio que Jared me deu.

— Faça isso. — Ryan tocou o seu ombro bom. — Não sabe o quanto me assustou saber que estava na mira daquele louco.

— Me desculpe meu irmão. — Alex tocou seu ombro. — Vou tentar evitar assustá-lo outra vez.

— Eu agradeço.

A sala havia esvaziado consideravelmente e David discutia calorosamente com os irmãos sobre ficar no hospital. Ryan se encaminhou para perto deles quando Alex ouviu chamarem seu nome.

— Alex?

Sabrina estava ali, parecendo apavorada e quase tão branca quanto uma folha de papel. Quando o viu, correu em sua direção e se jogou em seus braços. Alex ignorou o repuxo de dor e a abraçou acalmando-a.

— Eu estou bem.

Com o braço bom, alisou seus cabelos até que ela estava calma o bastante para encará-lo.

— Você está ferido...

— Foi apenas um susto. — mentiu para acalmá-la ao ver as lágrimas que escorriam por seu rosto.

— Quando Summer me ligou e disse que você levou um tiro...

— Foi de raspão. — Olhou pra ela e sorriu apesar das dores e do cansaço. — Veja, eu estou bem.

— Você já pode ir embora? — perguntou ainda atordoada. — Vamos para minha casa.

— Você tem que cuidar da floricultura. — Alex lembrou-a.

— Eu deixei Gwen tomando conta de tudo. — disse voltando a abraçá-lo. — Eu prefiro cuidar de você.

Alex não ia se recusar isso. Podia ver o quanto Breezy estava abalada, talvez até mesmo em choque. Depois de avisar ao irmão que iria para a casa de Sabrina, acompanhou-a até o lado de fora do hospital, onde o transporte da floricultura foi estacionado as pressas.

— Você está bem para dirigir? — Alex perguntou, preocupado.

— Não. — respondeu antes de se encostar-se à lateral do veículo. — Eu fiquei tão assustada...

— Hey, eu estou bem...

Sabrina o encarou. Tremia só de pensar que por pouco não havia perdido Alex. E recriminava-se por ter evitado dar voz aos sentimentos que se avolumavam em seu peito durante tanto tempo. Por ter podado qualquer tentativa de Alex por algo mais. Ele parecia entender seus medos e então recuava. Passaram os últimos meses nessa dança desencontrada até que ele lhe deu aquele ultimato. E apesar de sua conversa de que tentaria aceitar a mudança de relacionamento entre eles, a verdade é que aquilo não passava de um blefe. Até agora. Pensar que Alex poderia estar morto agora...

— Breezy...

— Eu quase perdi você...

Alex a abraçou, enxugando suas lágrimas e murmurando palavras de conforto, antes de se encaminhar até um dos táxis na porta do hospital. Foram até o apartamento dela e nesse meio tempo Sabrina conseguiu recompor-se o suficiente para tentar cuidar de Alex. Ele estava sujo, amarrotado e seu rosto estava contraído com a dor.

Pegou uma toalha limpa e uma calça de moletom — que Alex provavelmente nem lembrava que havia deixado ali — e o incitou a usar o chuveiro. Fechou todas as cortinas e arrumou a cama para que ele pudesse se deitar. Alex havia deixado a porta aberta e Sabrina não resistiu em espiar. Protegendo o curativo em seu braço, ele estava de costas para ela, grande parte do seu corpo nu embaixo do chuveiro.

Afastando-se, foi até a cozinha e encheu um copo com suco de laranja para que ele pudesse tomar os remédios que vira em seu bolso. Deixou o copo escapar de suas mãos, que estavam trêmulas. Juntou os cacos de vidro e pegou outro copo, tomando mais cuidado dessa vez.

Quando chegou ao quarto, Alex já estava vestido e secava os cabelos curtos. Colocou o suco na mesinha de cabeceira e pegou a toalha de suas mãos e passou na parte de trás de sua cabeça e ombros, antes de estendê-la em uma cadeira. Mostrou a ele a cartela de comprimidos.

— Quantos?

— Dois.

Ela colocou os dois comprimidos em sua mão e lhe deu o suco. Alex percebeu o estado agitado de Breezy, e esforçou-se para disfarçar o quanto seu corpo e seu braço doíam. Depois de tomar os comprimidos, deitou na cama e encarou-a. Sabrina estava parada, ao lado da cama, observando-o preocupada.

— Deite-se aqui comigo.

Sabrina mordeu os lábios, indecisa, e olhou o curativo em seu braço, antes de dar a volta e subir na cama pelo outro lado. Quando ela estava próxima o suficiente, Alex a puxou, com o braço bom, até que ela estava apoiada em seu peito, onde podia ouvir as batidas constantes do seu coração.

Os remédios começaram a cobrar seu preço e logo foi difícil para Alex se manter acordado. Então não teve certeza se foi sua imaginação ou se realmente ouviu Sabrina murmurar baixinho.

— Eu acho que te amo.

Capítulo 8

Sabrina acordou envolta em braços quentes. Por um momento não soube identificar onde estava e porque estava dormindo com suas roupas de trabalho. Até lembrar-se do que havia acontecido e se erguer para observar Alex dormir. Ele respirava tranquilamente, o rosto exibindo a serenidade do sono.

Quando Summer lhe avisou que Alex havia levado um tiro ao tentar defender Mary — a mulher de David — sentiu o chão se aproximar rapidamente ao perder a força das pernas. Gwen veio ajudá-la a se erguer enquanto agradecia a Summer. A atitude inesperada da filha do pastor a fez acreditar que enfim ela e Lucas haviam se acertado. Não tinha certeza de que elas poderiam ser amigas algum dia, mas, esperava que sim. Deus sabia o quanto precisava de amigos. Não tinha ninguém além de Lucas e Alex.

O pensamento de que poderia perder Alex para sempre a fez perceber que os seus sentimentos por ele iam muito além da amizade. Não se lembrava de como havia conseguido chegar ao hospital sem causar um acidente. Nem mesmo lembrava-se de ter dirigido até lá. Parecia estar fora de seu corpo até entrar na sala de espera e vê-lo de pé. Respirando. Vivo.

Suas mãos moveram-se inconscientes pelo peito coberto por uma pequena penugem. Era um pouco estranho estar na cama com um Alex parcialmente despido. Todas as vezes que ele dormiu em sua casa, usou o sofá cama da sala de estar. Ele era realmente formoso por baixo dos ternos que usava constantemente por conta do seu trabalho. Sabia que ele corria todas as manhãs — recusara todos os convites que ele lhe fez — e provavelmente isso era o suficiente para manter-se em forma.

Deixou sua mão percorrer o caminho de pelos que se afunilava em direção a sua virilha. Havia um grande volume ali e Sabrina se mexeu desconfortável. Fazia muito, muito tempo desde que esteve com um homem. E mesmo que pudesse se lembrar de todos os detalhes — o que não podia — da noite com Lucas... havia sido um erro. Sentiu as batidas do coração de Alex se tornarem mais fortes, assim como sua respiração, e percebeu que ele estava acordado.

— Você está bem?

A voz grave de Alex tinha um incrível poder sobre ela. Levantou a cabeça e encarou os impressionantes olhos verdes.

— Não fui eu que levei um tiro.

— Eu não podia deixar aquele louco levar Mary. — suspirou. — Acho que David não iria aguentar perdê-la outra vez.

— Acho que eu não suportaria perder você.

Desviou os olhos para evitar ter que explicar seus sentimentos naquele momento, sua mente novamente voltando para o momento em que ouviu Summer dizer que Alex havia sido alvejado. A mão de Sabrina de forma inconsciente passou a esfregar o abdômen de Alex. Quando o ouviu gemer pareceu despertar de suas lembranças.

— Está com dor? — perguntou.

Ajoelhou na cama para ver se estava tudo em ordem com o curativo, sem perceber que seus seios ficaram na altura do rosto de Alex que gemeu outra vez.

— Vou pegar seus comprimidos.

Antes que ela pudesse se afastar, Alex puxou-a para junto de seu corpo, a mão em sua nuca guiando seu rosto até somente suas respirações os separavam.

— Eu não estou com dor. — murmurou, as mãos grandes acariciando seu rosto. — Não do tipo que um comprimido possa curar.

O beijo foi faminto. Possessivo. Os lábios de Alex tomaram os seus como se lhe pertencessem. A língua envolvia a dela provocante. Exigindo de seus lábios a mesma paixão, a mesma entrega. Sabrina ofegou em busca de ar, antes de ter sua boca reclamada outra vez.

A mão de Alex deixou sua nuca quando percebeu que ela não iria se afastar. Deixou-a vagar por suas costas até a curva de suas nádegas, antes de apertá-la de encontro a sua ereção. Sabrina se esfregou em seu corpo, seus pequenos gemidos lhe lembrando do ronronar de um gato. Riu de encontro aos seus lábios, antes de mordiscar-lhes suavemente.

— Meu corpo dói por você Breezy.

— Você está ferido... — Sabrina gemeu quando seus lábios se aventuraram pela curva de seu pescoço.

— Então, você terá que ser cuidadosa. — Alex riu e então a encarou seriamente. — Faça amor comigo, Breezy.

O que Sabrina viu em seus olhos foi um reflexo dos seus sentimentos. Alex era seu melhor amigo, o homem que a ajudou a voltar a viver, o dono do seu coração. Ignorando sua mente que lhe alertava que aquilo era uma loucura e que acabaria perdendo-o quando ele percebesse que uma relação entre eles não tinha chances de acontecer... abaixou sua cabeça até que seus lábios se encontrassem, aceitando enfim os desejos do seu coração.

Alex deixou que Sabrina fizesse as coisas em seu tempo e a sua maneira. Ela havia sofrido uma terrível violência e mesmo que confiasse nele, sabia que ela ainda tinha pesadelos. E que estremecia quando algum homem — não sendo ele, Lucas ou o pastor Isaiah — se aproximava. Que ela tomasse o seu tempo.

Sentiu a leve carícia, quase o roçar de uma pluma antes das pequenas mordidas em seus lábios e o toque de sua língua no canto de sua boca, incitando-o a abrir. Foi diferente deixar que ela tomasse a iniciativa e o beijasse, mas, nada com que ele não pudesse lidar. Se Sabrina precisava estar no controle para se entregar para ele, que fosse. No final, ambos ganhariam. Mas, então, depois do beijo ela encarou-o, confusa, esperando que ele fizesse o próximo movimento.

Alex beijou-a no queixo e pescoço, prestando uma especial atenção ao ponto que lhe arrancou gemidos. Usava sua mão, do braço bom, para massagear suas costas, passeando até suas nádegas e pressionando-a de encontro a ele. Desatou o laço que segurava a blusa que ela usava para o trabalho e foi como desembrulhar um precioso presente. O sutiã verde rendado acomodavam seus seios de maneira tentadora. Circulou com a língua o contorno da peça, arrancando suspiros de sua Breezy e levando a desabotoar a peça e lançá-la longe pelo quarto.

Tomou o mamilo enrijecido em sua boca, beijando e lambendo o pequeno botão antes de passar ao outro seio, para então começar tudo de novo. Breezy agora estava sobre ele e tinha suas pernas apoiadas de cada lado do corpo duro, cavalgando-o. Enquanto se esfregava em Alex e ele lhe acariciava os seios teve um primeiro orgasmo que deixou-a um pouco desconcertada. Nunca havia sido tão rápido e tão bom...

— Linda! — Alex murmurou.

Apoiando-se no braço bom, girou o corpo até tê-la embaixo dele. Tentou despi-la e gemeu frustrado quando seu braço não colaborou. Sabrina riu e passou a remover suas roupas antes de livrá-lo da calça de moletom.

— Faça amor comigo, Alex.

Alex deslizou por seu corpo antes de penetrá-la. O corpo de Sabrina o recebeu com facilidade e podia sentir seu corpo estremecer e apertar seu pênis enquanto ele estava lutando para não gozar imediatamente. Sem desviar o olhar de seu rosto para não deixar escapar nenhuma das emoções ali refletidas, iniciou movimentos curtos e firmes em seu corpo.

Sabrina estremeceu ao sentir Alex tão firme e profundo dentro dela. As carícias e os beijos que ele espalhava por cada pedacinho de pele que podia alcançar a emocionavam. Nunca antes se sentiu tão amada... E então, ele mudou a forma que se movia, roçando seu clitóris a cada impulso, levando-a num espiral de prazer, que se ampliava e ampliava até tomá-la em um orgasmo arrasador. O grunhido profundo quando o sentiu derramar-se dentro dela, garantiu que ele havia encontrado prazer em seu corpo.

Depois que Alex deitou, poupando o braço ferido, a trouxe para repousar a cabeça em seu peito. Pareciam apenas lutar para respirar no silêncio do quarto. Os pensamentos giravam a mil em sua mente. Sabia que tudo mudaria depois que fizessem amor, porque o que havia acontecido naquele quarto, com certeza era muito mais do que sexo.

Agora, restava aproveitar enquanto tivesse Alex por perto. Enquanto ele se contentasse com essa nova relação de "amigos com benefícios" que haviam dado início essa noite. Porque se ele quisesse mais, teria que lhe contar... Que jamais seria a mulher que ele precisava.

Ainda exaustos e ofegantes depois de se amarem, passaram um longo tempo apenas tocando um ao outro, talvez como se quisessem ter a certeza de que o que havia acontecido era real. Passaram tanto tempo em silêncio que Sabrina acreditou que Alex havia dormido... até ouvir suas palavras. E então o pânico tomou conta de seu corpo e seu coração.

— Você é minha Breezy. — sua voz era firme e definitiva.

Capítulo 9

Sabrina terminou mais um arranjo com rosas amarelas flores do campo de diversas cores e as entregou ao senhor Miller, o dono da padaria, antes de fazer uma pausa para tomar um copo de água. Todo fim de tarde havia um grande movimento na loja e ela acabava fazendo alguns arranjos de flores mistas, para os maravilhosos homens de Springville surpreenderem suas mulheres. É obvio que fazia arranjos especiais também para as mulheres que compravam suas próprias flores, apenas para seu prazer.

Já havia passado da hora de fechar, mas Gwen, sua assistente, continuava firme e forte ao seu lado. Mais dois clientes entraram na floricultura e elas começaram a trabalhar. Haviam se divertido um pouco mais cedo tentando descobrir o motivo das vendas terem aumentado sem nenhuma data especial se aproximando. Chegaram à conclusão de que ou era a lua ou os homens de Springville eram feitos de um material de alta qualidade.

Ajudou também para aumentar o movimento da loja o fato ela fizera a decoração de dois casamentos Bennett: Jacob e Lacey e também de Lucas e Summer. Também já estava contratada para organizar o casamento de David e Mary, o que a levou a contratar Gwen como ajudante. A garota, que antes a ajudava apenas em eventos, adorou transformar-se em funcionária. Agora, tinham Ashley que as ajudava nos fins de semana.

O emprego e a vida em Springville estavam fazendo bem a ela. Apesar de ela ainda ficar retraída na presença dos homens — principalmente estranhos ou aqueles que lhe lembravam de Keith — e ter poucas amigas — todas relacionadas aos Bennetts — poderia dizer que finalmente estava começando a se adaptar a vida em Springville.

Incrivelmente foi Summer que a aproximou de Lacey e Mary, além das primas Campbell. As coisas realmente haviam mudado depois que a jovem havia aceitado o pedido de casamento de Lucas e principalmente depois que ela havia lhe ligado quando feriram Alex...

Pensar em Alex era difícil. Eles estavam levando essa nova fase do relacionamento deles com cautela. Quer dizer, ela estava. Não haviam dito nada sobre um namoro ou algo mais — não que Alex não tentasse algumas vezes — e as coisas entre eles continuavam quentes e cada vez mais intensas. Além disso, sabia que ele continuava vigiando Keith para que ele não tentasse se aproximar dela outra vez. Estava terminando um arranjo quando viu Lucas Bennett entrar na loja.

— Lucas! — ela perguntou com um sorriso depois de abraçá-lo. — Flores para Summer?

— Sim, mas Gwen pode me atender se estiver ocupada.

— Ora, é lógico que não. — apressou-se a juntar as flores preferidas de Summer em um buquê. — Como estão Abby e Glory?

— O potro deu algum trabalho para nascer, mas está saudável. — Lucas respondeu. — Abby está radiante.

— Eu imagino.

Ouvira boatos sobre a importância de Glory na vida de Abby e apesar de não conhecer direito a garota — ela quase não saia de seu rancho — ficava feliz de que as coisas deram certo. Sabia muito bem a dor de perder alguém, e não acreditava que doeria menos se a perda fosse de um animal. Percebeu a impaciência de Lucas e finalizou o arranjo antes de insinuar.

— Talvez você deva passar na joalheria também...

Lucas a encarou e Sabrina viu-se diante do escrutínio dos olhos verdes.

— Você sabe, não é?

— Sei o quê? — fez cara de inocente enquanto lhe entregava o arranjo e se recusava a receber a nota que ele lhe estendia. — Só estou dando uma sugestão.

Nada do que ele lhe disse a fez estragar a surpresa de sua nova amiga. Além disso, era algo tão maravilhoso que sabia que Lucas a perdoaria por não ter contado.

Dispensou Gwen e fechou a loja, o tempo todo se lembrando de que estava feliz por Lucas e Summer. Não foi até chegar em seu apartamento que desmoronou em um choro contido. Às vezes acreditava que havia superado tudo o que Keith lhe fizera e a morte do seu bebê. Mas, então... algo a fazia se lembrar de tudo que não pode viver, dos sonhos que não realizou. Como agora. Em meio à felicidade por saber que Lucas e Summer teriam um bebê, havia aquela tristeza tão grande que a fazia chorar escondida, sem ninguém ver. Principalmente Alex, porque ele teria perguntas que ela não queria responder.

Quando Alex chegou depois das vinte horas, já havia tomado um banho e se recomposto o bastante para disfarçar que havia chorado. Tentou engolir um pouco da massa que havia preparado, mas a comida se recusava a descer para o seu estômago. Estavam sentados no sofá, abraçados, assistindo uma série quando o ouviu chamar seu nome.

— Breezy.

— Sim?

— Não quer me contar o que está acontecendo?

— Não é nada.

— Vamos lá, Breezy.

Depois de pensar um momento sobre o quanto poderia contar sem despertar a piedade ou a ira de Alex, suspirou.

— Lucas esteve na loja hoje.

Sentiu-o enrijecer em suas costas com a menção do nome de seu amigo. Mesmo Lucas estando casado e feliz com Summer, Alex continuava sentindo ciúmes do mais novo dos irmãos Bennett. O que era ilógico em sua opinião, mas, que conseguia achar fofo em alguns momentos. Aconchegou-se mais de encontro ao peito firme.

— Ele veio comprar flores para Summer... ela está grávida.

E então após revelar o seu problema, caiu no choro. A inveja que sentia e que a fazia se sentir tão mal se transformando em lágrimas. Porque gostava de Lucas e sabia o quanto ele ficaria feliz ao descobrir que seria pai. Não seria nada parecido como quando ele foi ao seu apartamento, viu sua barriga e achou que o bebê era dele. Ele havia ficado assustado com a possibilidade de ser o pai do seu bebê. Mas ele e Summer... Havia tanto amor entre os dois.

Estava feliz por eles. Gostava e Lucas. Também gostava de Summer. Passada a estranheza e animosidade inicial, elas realmente haviam começado a construir uma bonita amizade.

— Eu estou feliz por eles. — disse em um soluço. — è só que...

— Shi... — Alex a interrompeu. — Eu entendo.

Moveu-se de forma a colocá-la em seu colo, talvez percebendo que ela precisava ser sustentada naquele momento. Por um longo momento ele não fez nenhum comentário, apenas a segurou em seu pranto. Quando parecia não haver mais lágrimas para chorar, ouviu a voz grave em seu ouvido.

— Eu estarei sempre aqui para segurá-la quando você precisar.

— Obrigada.

— Mas você precisa confiar em mim, Breezy. — murmurou, antes de limpar suas lágrimas com os dedos e beijar seu nariz. — Eu não posso ajudar, se não souber o que está acontecendo.

— Me desculpe... — murmurou de encontro ao seu peito. — É só que... Eu tenho medo.

— De mim?

— Não. — apressou-se em responder. — De depender de você.

— Breezy...

— Eu tenho medo de que você descubra que estar comigo é um erro e que eu acabe perdendo você. — respirou fundo e para espantar as novas lágrimas. — E o que vou fazer quando você não estiver mais comigo?

— Eu não vou a lugar nenhum.

— Você não sabe.

— Sim, eu sei. — ele levantou seu rosto e a fez encará-lo. — Eu te amo.

— Alex...

Beijou-a interrompendo seus protestos. Sabia que ela não queria ouvir sobre amor e compromisso. Era fácil perceber como se fechava a cada vez que tentava conversar sobre algo mais sério no relacionamento. E enquanto tudo isso podia ser frustrante, sabia desde o princípio que um relacionamento com Sabrina, com toda a bagagem emocional que ela carregava, seria complicado. Mas era um homem paciente. E sabia que ela o amava. Então, quando a via se apavorar e querer fugir, amava-a em dobro.

Carregando-a em seus braços, levou-a para a cama Com beijos e carícias, adorou cada pedacinho do seu corpo, excitando-a até vê-la clamando por liberação. E só depois de ouvi-la gritar seu nome em êxtase foi que se deixou perder no calor do seu corpo. E muito tempo depois, enquanto ela dormia em seus braços, ainda estava acordado pensando no muito que a amava e do quanto queria fazê-la feliz.

Capítulo 10

Sabrina observou o trabalho que fez com Gwen e Ashley para o casamento de David e Mary. As flores haviam ficado perfeitas e o casal parecia extremamente feliz. Dois meses atrás eles estavam às voltas com o louco do ex-noivo de Mary que tentou matá-la e havia atirado em Alex... procurou o seu namorado com os olhos e o viu caminhando em sua direção.

Alex abraçou-a por trás e a fez recostar em seu peito. Desde que tivera a crise de choro cinco dias atrás, ele parecia ter intensificado os cuidados com ela. E não podia negar. Era bom demais se sentir amada e protegida.

— Pare de se preocupar. — disse em seu ouvido. — Você fez um ótimo trabalho.

— Sim, parece que está tudo perfeito.

— A começar por você. — disse orgulhoso e acariciou a base de suas costas. — Esse vestido...

O vestido em questão era um modelo frente única em suave tom de tangerina. Super comportado na parte da frente, estava preso ao pescoço por um fino laço. Mas, era a parte de trás, cujas costas estavam totalmente nuas que encantava e surpreendia.

O casamento foi lindo! Mary estava maravilhosa em seu vestido e David... bem, ele era um dos irmãos Bennett! Não havia como não ficar deslumbrante em um terno e seu inseparável *Stetson*. E Lily estava encantadora! A pequena usava um vestido rosa com babados e flores aplicadas. Usava uma pequena coroa de flores na cabeça — que ela havia feito — uma réplica da que a mãe usava. Eles pareciam tão felizes!

Estava dançando com Alex, quando recebeu o sinal de Summer. Rapidamente ajudou a afastar as pessoas do tablado que havia sido instalado no quintal para que todos pudessem dançar. O riso divertido dos convidados ecoou no quintal dos Bennett quando David girou a corda como num rodeio e jogou-a na direção de sua esposa.

— David! – Mary exclamou ao ver a corda envolver seu corpo.

Os convidados aplaudiram quando David puxou Mary pela corda até aproximar seus corpos e envolvê-la em um abraço. A voz de Alex em seu ouvido a fez arrepiar-se.

— Talvez eu deva usar a ideia do meu amigo e amarrá-la...

— Alex... — suspirou e fechou os olhos.

— Vamos.

— Onde? — perguntou abrindo os olhos e o encarando.

— Eu tenho uma surpresa pra você.

Havia um brilho diferente nos olhos dele e a forma como ele sorria... seu coração acelerou os batimentos, entre a expectativa e o medo. Não gostava muito de surpresas. Na maioria das vezes em que fora surpreendida... Bem, podia dizer que as coisas não foram muito bem.

Mas era Alex e sabia que ele jamais faria algo que pudesse magoá-la. Ele segurou sua mão e olhou em seus olhos.

— Venha comigo.

— Sim.

Acompanhou seus passos apressados, enquanto foi conduzida em direção ao atracadouro na beira do rio que cortava a propriedade dos Bennett. Havia um pequeno barco decorado com almofadas e flores, pequenas luzes brilhantes e um balde com gelo e champanhe. Estava tudo tão lindo que seus olhos encheram de lágrimas.

— Gwen e Summer me deram uma ajuda...

Interrompeu suas palavras e o beijou. Ele era tão lindo e tão romântico! Riu feliz quando Alex a segurou em seus braços e girou com ela fazendo seu vestido e seus cabelos flutuarem em torno deles. Quando estavam novamente frente a frente, as palavras dele aqueceram seu coração.

— Amo ouvir você sorrir. — beijou seu nariz. — me faz acreditar que você é feliz.

— Você me faz feliz.

— Isso é verdade?

— Você sabe que sim.

Alex a levou até o pequeno barco e a ajudou a se acomodar, antes de sentar a sua frente. Depois de remover o paletó, afrouxar a gravata e arregaçar as mangas da camisa, exibiu a força dos seus músculos — a maior parte do tempo escondidos sob os ternos bem cortados — ao usar os remos para movê-los pelas águas tranquilas. Quando já não se podia mais ouvir o barulho da festa, apenas os pássaros e o murmúrio da água, parou o barco em um recuo, prendendo-o a uma árvore.

— É a primeira vez que passeio em um barco. — Sabrina olhou ao redor, antes de encará-lo. — Obrigada.

— Não me agradeça. — disse enquanto abria a garrafa de champanhe. — Eu tenho más intenções!

— Oh, é mesmo? — segurou a taça que ele lhe estendeu. — Está em seus planos me embebedar?

— Só um pouquinho.

Serviu a bebida gelada e colocou a garrafa no balde antes juntar sua taça a dela.

— A nós.

— A nós.

Não resistindo Sabrina o beijou outra vez, rindo quando Alex se aproximou e o barco balançou. Observou um tanto preocupada, quando ele ficou em pé no pequeno — e instável — barco.

— O que está fazendo?

— O que você acha? — respondeu matreiro. — Estou tirando a roupa.

— Aqui? — olhou ao redor preocupada, apesar de estarem totalmente sozinhos. — Não acho que...

— Vamos nadar. — disse disfarçando a diversão.

— Nadar?

— Nus. — sorriu e uma covinha apareceu.

Sabrina observou o peito firme e aquela trilha de pelos que desapareciam no cós da calça, cujo botão Alex acabava de abrir.

— Você está brincando, certo? — ignorou o fato que ele estava usando apenas uma cueca Box agora. — Alex...

— Vamos Breezy. — convidou quando terminou de se despir.

— Você está falando sério.

— Sim.

Levantou-a do banco e ajudou até que ela conseguiu equilibrar-se no pequeno barco, entre risos e pequenos gritinhos quando a embarcação balançou. Cuidadosamente a despiu do belíssimo vestido de festa e apreciou os seios nus.

— Sem sutiã?

— Não com esse vestido. — ofegou quando ele massageou seus seios.

Alex terminou de despi-la, pausando para admirar a pequena peça de renda, antes de retirá-la. Um beijo na junção de suas coxas a fez gemer seu nome em uma súplica.

— Alex...

Depois de um beijo rápido em seu rosto, ele segurou sua mão e ordenou.

— Agora!

Pularam do barco e mergulharam na água fria. Sabrina voltou à superfície em busca de ar, um sorriso no rosto enquanto via Alex emergir ao seu lado. Nadaram e mergulharam durante algum tempo, até Sabrina sentir os braços fortes a envolverem.

— Gostou da surpresa?

— Amei! — beijou-o e sentiu a resposta de seu corpo a proximidade.

— Vamos pra casa. — Beijou-a.

Depois de ajudar Sabrina a subir no barco — aproveitando para tirar uma casquinha e morder as nádegas macias — Alex pulou no barco, rindo quando o barco balançou e sua Breezy gritou. Usando a toalha macia que Summer insistiu em colocar no barco, secou o corpo macio e a ajudou a se vestir, antes de colocar suas próprias roupas sem se importar em se secar.

Antes de remar de volta ao atracadouro dos Bennett, beijou-a apaixonadamente, elevando a temperatura entre os dois. Pegou os remos, enquanto se armava de coragem, de mostrar a última parte da surpresa.

— Tem algo pra você embaixo do banco.

— Outra surpresa? — Sabrina perguntou enquanto tateava sob a madeira.

Encontrou uma pequena caixa e instintivamente sabia do que se tratava. Por um minuto sentiu o pânico envolvê-la, então o encarou e viu o amor refletido em seus olhos.

— Nenhuma surpresa. — disse com convicção. — Apenas um pedido. — Soltou os remos para pegar sua mão e dizer. — Seja minha para sempre.

— Oh, Alex! — sentiu as lágrimas escaparem de seus olhos. — Eu sou uma mercadoria danificada...

— Não, você não é. — secou suas lágrimas. — E eu não vou admitir que você diga essas bobagens.

— Você merece uma mulher inteira. — fechou os olhos, envergonhada. — Não alguém que fez escolhas tão erradas quanto eu.

— Todos nós fazemos escolhas erradas em algum momento da vida. — ignorando as possibilidades de acabarem virando o barco, trouxe-a para os seus braços. — Mas, alguns têm uma segunda chance para fazer diferente.

— Você merece alguém melhor que eu. — murmurou de encontro ao seu pescoço, as palavras saindo abafadas.

— Você é perfeita pra mim.

Beijando seu rosto, pegou a caixinha das mãos trêmulas e retirou o anel de noivado, um solitário em ouro amarelo e uma flor formada por pequenos diamantes.

— Agora, vamos fazer isso direito. — segurou sua mão e a encarou com firmeza e convicção, antes de pedir. — Case-se comigo, Breezy. Deixe que eu seja a sua segunda chance. E prometo... vou te amar para sempre.

Sabrina o encarou, as lágrimas ainda brilhando em seus olhos. Lembrando-se de todos os momentos juntos, de como sua vida havia mudado para melhor depois que o conheceu. E então a resposta veio fácil.

— Você é meu melhor amigo. Meu amante. A pessoa mais importante da minha vida. — respirou fundo antes de dizer. — Não sei o que eu fiz para merecer você... Mas, sim! Eu aceito.

Um beijo doce selou o compromisso que firmavam. O anel deslizou fácil em seu dedo e o sorriso se fixou em seus lábios.

— Segure-se.

Rapidamente remou de volta para a propriedade dos Bennett, ansioso para voltarem para casa. Sua vontade era gritar para todo mundo que ela havia dito sim. Avistar Lucas esperando por eles no atracadouro foi como um balde de água fria em sua felicidade. Seu amigo não estaria ali esperando por eles, se as coisas estivessem bem. Depois de atracar o barco, entregou Sabrina para Lucas e pulou no deque de frente para o seu amigo.

— O que está acontecendo? — perguntou enquanto trazia sua noiva para os seus braços. — Qual o problema?

— Keith.

Capítulo 11

Uma única palavra e a bolha de felicidade em que estava envolvida... explodiu. Sabrina estremeceu de medo, as lembranças da violência de Keith saindo com toda força das profundezas onde estavam guardadas. Abraçou seu ventre vazio, sentindo-o doer quase tanto como no momento em que perdeu o seu bebê.

— Não. — murmurou apavorada, voltando-se para Alex em busca de apoio. — Ele não pode se aproximar de mim, certo?

Alex segurou os seus braços e olhou em seus olhos. Reiterando promessa que havia lhe feito, ainda no hospital, de protegê-la.

— Ele não vai chegar perto de você. — prometeu. — Eu não vou deixar.

A mente de Sabrina começou a correr a todo vapor. Keith estava na cidade. Provavelmente estava atrás dela, mas Alex também estaria em perigo porque havia lhe ajudado. E Lucas... Deus! Summer estava grávida. Não podia nem pensar na possibilidade de algo ruim acontecer a eles por sua causa. Precisava fugir. Talvez devesse se esconder por uns tempos.

— Pare. — a voz de Alex interrompeu a torrente de pensamentos. — Eu vou protegê-la.

— Eu preciso deixar a cidade...

— Você não vai a lugar nenhum.

— Alex está certo, Sabrina. — Lucas disse anormalmente sério. — É mais fácil protegê-la em Springville.

— Ele vai machucar vocês. — disse tentando mostrar a eles que estavam errados. — Summer...

— Concorda comigo. — afirmou. — Agora vamos até minha casa e vocês podem tomar um banho e ficarem mais confortáveis enquanto aguardamos Ryan.

— Meu irmão? — Alex perguntou confuso.

— Sim. — Lucas confirmou enquanto se encaminhavam para a casa. — Foi ele que me ligou contando sobre Keith.

O quintal dos Bennett estava silencioso, a festa de casamento havia terminado há um bom tempo e agora o sol começava a se por, lançando sombras no lugar. O apartamento de Lucas e Summer ficava no segundo andar da casa do rancho e tinha uma entrada pela lateral.

Alex gostou da forma como os irmãos transformaram uma casa em três, de maneira que todos vivessem juntos, mas preservassem a individualidade dos casais. Não era a primeira vez que visitava o apartamento de Lucas, mas, com certeza nem de longe era por um motivo feliz, como nas vezes anteriores.

Summer estava a postos quando chegaram e rapidamente levou Sabrina para o quarto, conversando com ela enquanto a enviava para um banho morno. Alex usou o outro banheiro onde se lavou rapidamente e trocou a roupa molhada por algumas peças emprestadas de Lucas. Quando chegou a sala, serviu-se de uma dose de bebida, enquanto aguardava a chegada de seu irmão.

Sabrina e Summer logo estavam junto a eles. Sua Breezy estava nervosa, mas, não hesitou um segundo antes de se jogar em seus braços. Usava um vestido de Summer — que era mais baixa que ela — e ainda assim parecia adorável. Quando finalmente Ryan chegou, ele não estava sozinho.

— Boa noite. — cumprimentou a todos. — Está é Jeannie. — e olhando principalmente para Sabrina completou. — A noiva de Keith.

— Ex... ex-noiva. — a moça gaguejou, sua voz um pouco rouca.

Jeannie Quinn Howard não era nada como Sabrina havia imaginado. Do tipo *mignon*, provavelmente não chegava a 1,60m, seu corpo praticamente estava encoberto pelo de Ryan, quase tão alto quanto seu irmão. De formas arredondadas, seios fartos e coxas roliças, lembrava muito as *pin-ups* desenhadas por Gil Elvgren nos principais calendários vendidos nos Estados Unidos na década de 1950. Os cabelos curtos e cacheados emolduravam um rosto bastante assustado e com grandes olhos negros.

— O que ela está fazendo em Springville? — Alex perguntou ao irmão.

— Ela po-pode responder so-sozinha. — disse corajosamente, apesar de nervosa.

Torcendo as mãos uma dentro da outra, Jeannie deu um passo para o meio da sala, afastando-se da muralha protetora que era o corpo de Ryan Baker.

— Acho melhor todos sentarem. — Summer falou interrompendo-os e indicou os estofados. — Lucas, sirva uma bebida para todos.

Quando todos estavam acomodados e com uma bebida em mãos, Jeannie bebeu o conteúdo do seu copo de uma vez, tossindo quando a bebida desceu rasgando por sua garganta. Com o rosto avermelhado, pousou o copo na mesinha ao seu lado antes de começar a explicar sua presença naquele local.

— Keith... está louco. — disse e encarou Sabrina. — Está vindo atrás de você. — apertou as mãos em seu colo. — Ele disse... que dessa vez vai matá-la.

— Não. — Alex protestou. — Existe uma ordem de restrição...

— Existe uma para mim também. — Jeannie disse enquanto removia a echarpe que envolvia seu pescoço. — Mas, não impediu que ele fizesse isso.

Era possível ver na pele clara, as marcas que os dedos de Keith haviam deixado. Pensar em um homem agredindo uma mulher seria terrível de qualquer forma, mas, pensar em Keith atacando uma coisinha miúda como aquela mulher fez o sangue dos homens daquela sala ferver.

— Depois que eu recebi a carta do doutor Baker... — respirou fundo. —... Contando o que Keith fez... e aquelas fotos...

— Mandou fotos minhas para ela? — Sabrina perguntou a Alex.

— Era necessário. — respondeu e encarou Jeannie que parecia confusa. — Eu sou o doutor Baker que lhe enviou a carta e as fotos.

— Ah, entendo. — olhou de soslaio para Ryan antes de continuar. — Bem, depois da carta, eu me recusei a casar e meu pai conseguiu uma ordem de restrição... — voltou a torcer as mãos. — Ele passou um tempo preso, mas, o advogado conseguiu enviá-lo para uma clínica... por distúrbios psicológicos...

— Você sabia disso? — Sabrina perguntou a Alex.

— Sim.

— E não me contou? — afastou-se magoada.

— Eu não quis preocupar você. — aproximou-a outra vez. — Eu estava te protegendo, Breezy.

— Não esconda as coisas de mim.

— Keith não está mais na clínica. — Jeannie chamou a atenção de volta para ela. — Quando ele chegou a Noonday... Meu padrinho, o avô de Keith, se recusou a lhe dar dinheiro. Keith ficou furioso.

— Eu imagino.

— Então ele foi atrás do meu pai, que... — baixou a cabeça envergonhada. — Meu pai lhe disse que se eu o aceitasse...

Ouviu Ryan praguejar e segurar sua mão, confortando-a. Suas mãos pareciam se perder dentro das dele. Observou os dedos longos, que afagavam suavemente sua mão e respirou fundo antes de continuar seu relato.

— O meu pai disse a Keith que se ele conseguisse me convencer a casar, voltaria a apoiá-lo e lhe daria dinheiro. — suas mãos foram instintivamente para o pescoço. — Como vocês podem ver... eu não aceitei.

— E como você chegou a Springville? — Foi Lucas quem perguntou.

— Eu tive medo de acabar sendo forçada a casar. — respondeu hesitante. — Eu tinha algumas economias, então quando ouvi Keith conversando com alguém ao telefone e dizendo que acertaria as contas com a vagabunda que havia destruído sua vida... — olhou para Sabrina constrangida. — Desculpa.

— Não se desculpe por ele.

— Eu resolvi fugir e no caminho avisar a você sobre as intenções dele. — desabafou. — Eu estou pensando em ir para Winona...

— Você vai ficar em Springville. — Ryan disse surpreendendo a todos. — Aqui seremos capazes de proteger vocês duas.

— Mas...

— Ryan tem razão. — Alex aprovou. — Você não pode fugir pra sempre e aqui em Springville, podemos protegê-la.

— Precisamos falar com o Xerife. — Ryan observou.

— Eu vou deixar Noah a par de tudo. — Lucas disse. — Porque vocês não vão para casa descansar?

— Onde Jeannie está hospedada? — Alex perguntou.

— Eu não...

— Ela pode ficar em meu apartamento. — Sabrina interrompeu e se aproximou. — É o mínimo que eu posso fazer, depois de tudo.

— Obrigada, mas...

— Eu vou levá-la para minha casa. — Ryan informou. — Acho melhor as duas não estarem no mesmo lugar no caso de Keith aparecer.

— É uma boa ideia. — Lucas observou.

Alex olhou para o irmão de forma interrogativa, ao que ele assinalou que depois conversariam. Despediram-se e deixaram a casa de Lucas em silêncio. Sabrina não questionou quando ele passou direto pelo seu apartamento e seguiu em direção a casa dele. Quando eles entraram em casa, Sabrina viu a mesa posta para um jantar a dois.

— Outra surpresa?

— Um jantar romântico. — murmurou de encontro aos seus lábios. — Eu queria que tudo fosse perfeito pra você.

— Você é perfeito pra mim. — murmurou de encontro aos seus lábios. — Eu não vou deixar Keith estragar isso. — Beijou-o apaixonadamente. — Você prometeu me amar para sempre.

— Sim. — beijou-a. — E eu sempre cumpro as minhas promessas.

Começou a despi-la entre beijos e leves mordidas, cada vez mais se afastando da mesa.

— E o jantar?

— Que jantar?

Capítulo 12

Quase dois meses se passaram sem que Keith desse sinal. O xerife Noah Carter, colocou os agentes da delegacia de prontidão e fez algumas investigações que infelizmente não deram em nada. Alex estava frustrado com a falta de movimento de Keith, que os deixou com a vida em suspenso por algum tempo. Definitivamente a espera estava mexendo com os nervos do seu noivo.

Noivos. Ainda era difícil acreditar que estava tendo uma nova chance de ser feliz, de amar e ter uma família. Uma sombra pairou sobre a sua felicidade. Não tinha certeza de que poderia construir uma família com Alex. Além do fato de ter um ex-namorado que queria matá-la, ainda havia o fato de que talvez... não pudesse ter filhos.

Já haviam passado vários meses em que se relacionava com Alex, sem usar nenhum tipo de contraceptivo e... nada. Havia marcado uma consulta com Lacey Bennet depois que aceitou o pedido de casamento, mas, com tantas coisas acontecendo, acabou cancelando. Decidiu que assim que chegasse a floricultura, ligaria para marcar uma nova consulta.

Se realmente não pudesse mais ter filhos, contaria para Alex antes do casamento.

Estava morando com Alex, desde a noite do noivado. Ele não queria nem falar em tê-la morando sozinha em cima do seu apartamento, enquanto Keith não se mostrasse. Então, ele a levava para a floricultura todas as manhãs e a buscava todas as tardes. Essa manhã haviam se atrasado porque haviam feito amor assim que acordaram... Seu rosto avermelhou-se ao lembrar quão bom eles eram juntos.

Parou de divagar quando Amber Miller chamou o seu nome. Como havia se atrasado e não tomara café da manha, Alex lhe deixou na *Belle's Bakery,* a padaria da cidade, que ficava a poucos metros de sua floricultura. Pediu algumas rosquinhas e um café com leite para viagem, pagou sua compra e rumou para a floricultura.

Hoje chegaria uma nova remessa de flores. Faria os arranjos para o baile dos veteranos que aconteceria no Country Clube no fim de semana. Organizou seu café da manhã em uma das mãos e com a outra abriu a porta da floricultura. Estava tão entretida, planejando mentalmente os arranjos que só percebeu que não estava sozinha depois de trancar a porta e apoiar sua bolsa e suas compras no balcão. Um arrepio atravessou sua pela ao encarar o homem que lhe fez tanto mal.

— Oi, gatinha! — Keith disse ao encará-la. — Sentiu minha falta?

Girando de forma a ficar de frente para ele e não ser pega em um ataque de surpresa, respirou fundo e procurou se aproximar do balcão onde havia um alarme ligado a sala do xerife Carter.

— Como entrou aqui? — perguntou.

Ignorou sua pergunta estúpida sobre sentir sua falta. Tinha certeza que havia ligado o alarme na noite anterior. Alex inclusive havia conferido todo o procedimento. Havia uma câmera na porta de entrada da loja que permanecia trancada. Foi à condição de Alex para que ela continuasse trabalhando. Ter a loja fechada todo o tempo e o botão de alarme ligado à delegacia. Achou um exagero dele, pois não acreditava que Keith a atacaria em plena luz do dia e em um local tão movimentado. Estúpida!

— Sua bela ajudante me deixou entrar.

— Gwen? — preocupada, olhou ao redor procurando sua funcionária. — O que fez com ela?

— Coloquei pra dormir. — respondeu e riu ao vê-la ofegar em desespero. — Calma, gatinha. Eu não matei sua amiga... ainda.

— Keith... o que você quer?

— Apenas fazer a você algumas perguntas. — enfiou a mão no bolso e Sabrina prendeu a respiração até ver que ele pegou um canivete e fingiu limpar a unha. — Agora me diga... Onde está seu guarda-costas?

— Ele está vindo pra cá... — respondeu e aproximou-se um pouco mais do balcão.

— Na... Na... Não! Resposta errada, gatinha. — disse dando um passo a frente. — Ele está em seu escritório a duas quadras daqui.

— Como você...

— Eu não sou estúpido, gatinha. — riu e em seguida a encarou furioso. — Vamos a uma nova tentativa...

Sabrina olhou para o homem que um dia achou tão bonito. O cabelo cortado baixo, o rosto magro e vincado, a fisionomia fechada lhe conferiam a aparência de um psicopata.

— Então me diga. — continuou a raiva transbordando por seus poros. — Onde está minha noivinha?

— Eu não sei...

— Errou de novo!

Quando ele avançou em sua direção, Sabrina deu um passo para tás e apertou o botão escondido no balcão antes de ver seu braço ser agarrado com força. Sentiu o impacto ao ser lançada para o outro lado da loja. Jarros de vidro despencaram das prateleiras e quebraram se espalhando por todo canto.

— Eu devia ter matado você quando eu tive a chance.

Sabrina ouviu sua voz, mas não podia vê-lo, do local onde estava caída. Tateou o chão com as mãos, em busca de apoio para se levantar, e elas deslizaram. Não sabia se em água ou sangue. Sua cabeça doía. Viu as pernas de Gwen através da cortina que separava o estoque da loja e tentou engatinhar para lá, mas, as mãos de Keith agarraram seus cabelos, forçando-a a se levantar.

— Jeannie é a única garantia que eu tenho de retomar a minha vida. — disse ao imprensá-la contra a parede, o canivete balançando perigosamente próximo ao seu rosto. — Quando ela fugiu, eu tive que esquecer os meus planos para você e me concentrar em procurá-la. — torceu seu cabelo, levando lágrimas aos seus olhos. — Imagine minha surpresa, quando depois de muita busca eu descobri que ela veio para esta cidade maldita? — aproximou o canivete de seu pescoço. — Então, me diga... Onde está minha noiva?

— Eu... não...

— Você não vai me convencer que não sabe onde ela está. — Keith grunhiu. — Talvez eu deva fazer algo com o seu lindo rosto para que você comece a cooperar?

Encurralada, Sabrina tateou a sua volta e, por algum milagre, suas mãos alcançaram um pequeno *cachepot* de madeira. Mesmo sabendo que era pouco para lutar com Keith, talvez conseguisse atordoá-lo o suficiente para fugir.

Com todo força que conseguiu reunir, deu com o *cachepot* no braço dele e com o joelho o acertou entre as pernas. O canivete caiu das mãos de Keith e quando ele se curvou de dor, Sabrina correu em direção à porta, atrapalhando-se com a chave por um momento, antes de finalmente chegar à rua e gritar por socorro.

Vários comerciantes e moradores de Springville se apressaram a ampará-la, enquanto o carro do xerife Carter estacionava e vários policiais entravam na floricultura. Sean Walker, dono da joalheria, foi quem a amparou e a levou para dentro de sua loja. Com mais de dois metros de altura, o ex-jogador de basquete a pegou nos braços como se não pesasse nada.

— Gwen... — gaguejou apavorada. — Ele... eu... eu a deixei na loja... ele...

— Shiii. — o homenzarrão disse depois de depositá-la e um sofá. — Noah vai cuidar de tudo, não se preocupe.

Sean estava enchendo um copo com conhaque quando Alex entrou na joalheira de forma afobada, buscando-a com os olhos antes de se mover em sua direção.

— Você está bem? — perguntou, apalpando-a em busca de ferimentos e contusões. — Ele machucou você?

— Minha cabeça dói... — murmurou de encontro ao seu peito. — Ele puxou meus cabelos e me jogou de encontro à parede.

— Bastardo. — Alex grunhiu. — Você está sangrando...

Sabrina olhou para o braço e viu o sangue que saía de vários cortes. Possivelmente do vidro espalhado pelo chão, mas, não lembrava-se deles. Para falar a verdade, nem mesmo estava sentindo eles até Alex mostrar a ele os ferimentos.

— Ele machucou Gwen...

— Gwen está bem. — tranquilizou-a. — Noah tem tudo sobre controle. — Alex informou. — Parece que Keith o feriu com um canivete. Um dos policiais atirou nele. Chamaram uma ambulância.

— Noah está bem? — Sean perguntou e estendeu o copo de conhaque.

— Acho melhor Sabrina não beber até que o meu irmão a veja. — bebeu o conhaque que Sean serviu. — Noah está bem.

Com cuidado para não machucá-la, ergueu-a em seus braços e agradeceu a Sean por tê-la socorrido, antes de levá-la até o seu carro. O hospital era próximo o bastante para que fossem a pé, então em poucos minutos Ryan estava atendendo

Sabrina. Depois de alguns exames comprovaram que ela não tinha nada mais sério e trataram dos cortes.

— Como está Gwen? — Sabrina questionou preocupada.

— Está bem, fique tranquila. — aplicou uma injeção para dor, antes de liberá-la. — Ele usou éter para fazê-la perder os sentidos...

— E Keith como está?

— A situação de Keith é complicada. — Ryan informou. — Ele está sendo levado para o hospital em Tyler. Já informamos a família.

— E como Jeannie recebeu as notícias? — Alex perguntou, sabendo que Breezy estava preocupada.

— Ela está preocupada, mas está segura. — balançou a cabeça. — Eu estou indo até a minha casa para tranquilizá-la. — avisou e olhou o irmão significativamente. — Você deveria fazer o mesmo.

— Estamos indo. — ajudou Breezy a levantar e a segurou em seus braços.

— Você sabe que temos cadeiras de roda no hospital, certo? — Ryan disse sorrindo.

— Sim, mas eu prefiro carregá-la. — beijou a cabeça de Sabrina suavemente.

Capítulo 13

A notícia de que Keith não sobreviveu aos ferimentos não causou tristeza. Não causou alegria. Não causou muita comoção em Springville, afinal, ele havia machucado três membros da pequena comunidade e as pessoas da cidade protegiam os seus. Sabrina descobriu o quanto já era querida pelos moradores depois de toda confusão envolvendo seu ex-noivo.

Mesmo depois de vários dias, as pessoas continuavam a falar sobre o "ataque à floricultura", a história sendo o grande acontecimento na cidade desde o ataque a Mary Bennett em frente ao hospital. Falando nos Bennett, Sabrina se lembrou de sua visita ao consultório de Lacey Bennett alguns dias atrás. Seu coração batia de forma descompensada e estava suando frio, quando deu seu nome a Megan, a recepcionista da clinica.

— A doutora Lacey está aguardando.

Megan lhe deu um sorriso, enquanto a guiava até uma porta fechada e a anunciava. Quando entrou, Lacey se aproximou e a abraçou, cumprimentando-a e indicando uma cadeira.

— Eu sabia que você iria chegar adiantada.

— Eu posso esperar... — disse levantando.

— Não seja boba. — Lacey segurou sua mão. — Apenas sei o quanto esse assunto está mexendo com você.

— Eu estou nervosa...

— Então vamos lá.

Lacey levou-a até a sala em anexo, para fazer uma histereossalpingografia. Esse exame, uma espécie de radiografia usando contraste, serve para verificar as condições anatômicas dos órgãos reprodutores femininos, segundo a explicação de Lacey. Além de verificar se a existência de alguma anomalia no útero ou nas trompas de pacientes, também era possível descobrir outros problemas ginecológicos de pacientes com dificuldades para engravidar.

Embora um pouco desconfortável e um pouco demorado, Sabrina não reclamou uma única vez. Precisava saber se existia alguma possibilidade de ser mãe outra vez. Sabia em seu coração que Alex não iria deixá-la, caso fosse incapaz de conceber, mas, ainda assim...

— Terminamos.

A voz de Lacey a retirou de seus pensamentos de forma abrupta. Depois que voltaram ao consultório, aguardou que Lacey lhe desse o veredito.

— O exame não mostrou nada de anormal em seu aparelho reprodutor. Como lhe informaram na época em que você sofreu o aborto, houve um descolamento de placenta e já não havia batimentos cardíacos do bebê quando você chegou ao hospital. Além disso, eles precisaram remover uma das suas trompas que estava comprometida.

— Eu sei...

— E existem também cicatrizes em seu útero, mas, existe tratamento para isso.

— Então eu posso... ter filhos?

Lágrimas escaparam de seus olhos, a esperança aquecendo seu coração.

— Bem, existe a metade da possibilidade de uma pessoa com as duas trompas. — Lacey explicou. — Com um tratamento adequado, acompanhamento médico e um pouquinho de fé, não há motivo para que você não possa ter bebês.

— Eu e Alex... hum... nós não temos realmente evitado.

— Mas tem menos de um ano que vocês estão "realmente" juntos. — Lacey riu. — Tenha paciência.

Sabrina riu e então a notícia de que realmente poderia ter um filho, formar uma família com o homem que amava a acertou.

— Obrigada, Lacey. — abraçou-a emocionada. — Eu preciso conversar com Alex.

— Sim, vá para casa e converse com ele. — Lacey disse ao se despedir. — Depois do casamento começamos o tratamento.

Olhando-se agora no espelho da casa de Summer e Lucas, enquanto aguardava que viessem chamá-la, podia se considerar a mulher mais feliz do mundo. Colocou o colar que Alex havia lhe dado horas antes, enquanto lembrava a conversa que haviam tido sobre a dificuldade em ter filhos e a esperança que Lacey lhe dera de que seria possível.

— Eu só acho que você precisava saber, antes de nos casarmos...

— Isso não muda nada entre nós, Breezy.

— Como pode dizer isso? — perguntou, com a voz embargada. — E se eu não puder ter um bebê?

— Eu vou continuar te amando. — afirmou. — E se você ainda assim quiser uma criança, nós adotaremos. — beijou-a. — Você precisa entender que o meu amor não vai acabar.

— Obrigada. — murmurou. — Eu estive tão preocupada... tive tanto medo...

— Shiii. — interrompeu-a. — Chega de sofrer por antecipação. — ordenou e a trouxe para os seus braços. —

Vamos atravessar essa ponte quando chegarmos nela. — murmurou. — Juntos.

— Juntos. — Sabrina murmurou de frente para o espelho.

Uma coroa de flores rosas e brancas, prendia o véu que caía até o meio de suas costas e estava enfeitando seus cabelos que caiam soltos e ondulados. O vestido de casamento era romântico, em estilo grego e com uma mistura de tules e rendas, leve e esvoaçante. A faixa rosa marcava sua cintura e era um ponto de cor em todo branco.

O casamento aconteceria no Rancho dos Bennett em alguns minutos. O pastor Isaiah já estava a postos. O noivo também. Estava aguardando Lucas, que a levaria até o altar e a entregaria ao amigo. Sabrina achava isso bastante simbólico.

— Está na hora. — Lucas disse depois de bater de leve na porta. — Pronta?

— Sim. — riu e deu um pequeno giro. — Como estou?

— Você está linda, Sabrina.

— Obrigada!

— Estou muito feliz por você e Alex. — disse ao segurar sua mão. — Desde aquela noite...

— Que não existiu... — brincou.

— Sim, desde aquela noite que não existiu, eu e você ficamos ligados de alguma forma. — ele riu. — Hoje eu acredito que não foi uma coincidência.

— Foi o destino.

— Sim, o seu destino era vir para Springville e fazer o meu amigo, senhor advogado perfeito muito feliz.

— Ele me salvou. — Sabrina disse e se explicou. — Você salvou minha vida quando me levou ao hospital, mas Alex... Ele salvou meu coração.

— Eu tenho certeza que vocês serão felizes. — disse guiou-a até a porta. — Agora, vamos antes que ele resolva vir buscá-la.

— Ele não faria isso. — Sabrina riu.

— Eu acho que faria. — disse e riu. — Você sabe que ele tem ciúmes de mim...

— Ele não tem motivos para ter ciúmes...

— Somente por eu ser lindo e charmoso.

Alex ouviu a risada de Breezy antes de vê-la se aproximar com Lucas. Estava linda e depois de saber que existia a possibilidade — embora pequena — de ter um bebê um dia, parecia estar radiante. Quando Lucas a entregou para ele, não pode deixar de agradecer por seu amigo ter colocado aquela mulher na sua vida.

O casamento foi lindo. Trocaram alianças e fizeram seus votos diante dos amigos mais próximos. Havia poucos convidados, além dos poucos membros de sua família. Mesmo com a notoriedade que ganhou depois do ataque que sofreu e da morte de Keith, Sabrina ainda evitava multidões e se esquivava de homens desconhecidos.

Depois do almoço, cortarem o bolo e dançarem um pouco. Despedindo-se dos convidados, Alex a levou até o deque onde o barco — devidamente decorado — os aguardava. Passariam a lua de mel no chalé das Campbell e o barco os levaria até lá. Antes, é claro, repetiriam a aventura de tempos atrás.

Ajudou Breezy a entrar no barco e remeou até o pequeno pedaço de paraíso onde nadaram nus. Alex riu ao ajudá-la a subir no barco, onde mordeu as nádegas de sua mulher.

— Eu acredito que desenvolvi uma nova paixão... — Sabrina disse sorrindo.

— Sim? — Alex riu. — Por barcos?

— Não. — Sabrina riu beijando-o. — Por nadar nua com você.

— Quando quiser!

Remou até o chalé das Campbell e depois de um banho e um lanche leve, subiram para o quarto — especialmente preparado para eles — e fizeram amor. A primeira vez como marido e mulher. Aconchegou Breezy em seus braços.

Sua mulher. Seu amor. Seu futuro.

Epílogo

Três meses depois

— Ai, meu Deus! Ela é linda! — Sabrina exclamou ao espiar o pacotinho cor de rosa que Summer segurava.

Alex, que estava acompanhando a esposa na primeira visita ao bebê, espiou por cima de seu ombro e observou a garotinha. Bem ela era realmente bonitinha, tinha que concordar. E agora que Lucas tinha sua garotinha, talvez pudesse mimar um pouco mais a pequena Lily. A risonha menina havia lhe conquistado, mas, se Lucas estivesse por perto perdia toda a atenção.

Viu Breezy pegar o pacotinho nos braços e a encarou, seus olhos se encontrando cúmplices. Observou novamente o bebê e sorriu.

— Você está ferrado, meu amigo.

— Por quê? — Lucas perguntou se aproximando.

Alex se aproximou um pouco mais da esposa, apontou-lhe sua filha antes de dizer.

— Ela tem covinhas.

— E?

— Os rapazes vão ficar loucos por ela, você sabe! — ele riu. — Eles vão bater em sua porta em no máximo quinze anos.

— Isso não vai acontecer. — Lucas disse sério. — Sunny não vai namorar até ter vinte um. — pensou melhor. — Talvez trinta.

Summer pigarreou e encarou Lucas, enquanto Alex continha a gargalhada.

— O quê? — Ela continuou a encará–122ó e ele desistiu. — Com você foi diferente, Raio de Sol!

— Ele acha que vai poder controlar... — Alex disse.

— Espere só chegar a sua vez, amigo.

— Terei somente filhos homens. — Alex afirmou.

— Ele acha que vai poder controlar... — zombou Lucas.

Sabrina riu antes de murmurar para o bebê, quão bobos eram seu pai e seu tio Alex. Devolveu a criança a Summer, a lembrança do seu passado trazendo uma sombra de tristeza, que rapidamente escondeu. Não era o momento para chorar por seu bebê. Estava realmente feliz por Lucas e Summer. Poder compartilhar dos momentos de felicidade deles era um presente que recebera. Além disso, havia esperanças, pensou enquanto se despedia do casal e descia as escadas junto com Alex.

Sentiu o sorriso escancarado em seu rosto, quando seu marido — ainda sentia o coração acelerar ao dizer essas palavras — começou a caminhar em direção ao deque de madeira, onde o barco já esperava por eles.

— Você planejou isso? — perguntou, enquanto ele a ajudava a entrar no barco.

— Todos os detalhes. — riu e começou a remar. — A começar pela bebida.

Sabrina viu o balde de gelo e a garrafa de suco de laranja e sorriu. Lágrimas de felicidade brilharam em seus olhos.

— Nada de champanhe?

— Nada de champanhe, mamãe!

Sabrina se inclinou para frente e beijou seus lábios, demonstrando com palavras o quanto o amava. Deixando os remos por um momento, abraçou-a e a beijou apaixonadamente. Depois de remar um pouco mais, chegaram ao pequeno refúgio que se tornara deles.

— Você sabe que pode não...

— Shiiii! — murmurou de encontro aos seus lábios. — Não diga essas bobagens ou o "Júnior" pode ficar chateado.

— Júnior, é? — Sabrina riu. — Você sabe que se for uma garotinha ela pode ficar chateada.

— Se for uma garotinha, será a princesinha do papai. — levantou e começou a remover suas roupas, balançando o barco. — Agora, tire a roupa.

Dessa vez, Alex não deixou que ela pulasse na água. Segurando-a pelos braços, fez com que entrasse suavemente na água. Depois de nadarem e brincarem na água, Sabrina se enroscou no corpo firme do marido.

— Obrigada.

— Por quê?

— Por me amar. Por esperar que eu estivesse pronta pra você. — seus olhos brilhavam de tanto amor e sentimento. — Eu sempre agradecerei por você ser a minha segunda chance de ser feliz. Minha segunda chance para o amor.

Fim.